のんびりVRMMO記 3

A L P H A L I G H T

まぐろ猫@恢猫
Maguroneko@kaine

アルファライト文庫

主な登場人物
Main Characters
メイ
二足歩行の
羊の魔物。
身の丈より大きな
木槌が武器。
＊・ェ・＊
＊・ω・＊
リグ
可愛らしい蜘蛛の魔物。
ツグミのペットとして活躍中。
パ
ツグミ（九重鶫）
本編の主人公。25歳。
双子の妹達の親代わりで、
ゲーム世界では生産職に。
ヒバリ（九重雲雀）
双子の姉。13歳。
活発な性格で、幽霊以外は
怖いものなし。

魔法陣売りの少女

露店(ろてん)を営む
プレイヤーキャラ。
迷宮の街ダジィンで出会う。

ルンデータ

ゲーム世界のNPC(ノンプレイヤーキャラクター)。
乗り合い馬車の
ベテラン御者(ぎょしゃ)。

ミィ（飯田美紗(いいだみさ)）

双子の幼馴染(おさななじみ)。13歳。
戦闘時に性格が一変する
ハードゲーマー。

ヒタキ（九重鶲(ここのえひたき)）

双子の妹。13歳。
あまり感情を表に
出さないが、実は
悪戯(いたずら)っ子。

カチカチッと、俺――九重鶫のマウスをクリックする音がリビングに響く。

急ぎの仕事が入ってきたわけではなく、単なる暇潰しだ。

ＶＲＭＭＯ【ＲＥＡＬ＆ＭＡＫＥ】、通称Ｒ＆Ｍの交流掲示板を流し読みするも、あまり面白そうなスレッドはなかった。

「んー、『突撃隣の国』『早馬したら国境付近で瞬殺された件』『料理の価格を決め隊』『獣人大好き』『ケモナーさんいらっしゃい』『レイドボス見学ツアー』……良く分からんものばっかりだな」

料理の価格に関するスレッドなら……と覗いてみたのだが、そこでは謎のデッドヒートが繰り広げられていた。新規の書き込みが大量に流れ、読むのも追い付かない。

見なかったことにして、俺はそっとスレッドを閉じた。

そんなことより、ペットである羊の魔物、メイのスキルで良く分からない物があったんだっけ。今のうちに調べておくか。

10分かかって、ようやく魔物のスキル一覧が記載されたページにたどり着く。魔物の名前であいうえお順に整理されてるから、ひ、ひ、ひ、ひ……ひつ、じ。よし、見つかった。


【羊魔物専用スキル】

怒涛の羊祭り：消費ＭＰ30
どこからか大量の羊魔物を呼び寄せ、敵へと突進させる。そしてそのまま去って行く。もふもふ。

〈感想欄〉

「ダメージはレベルの１・２５倍×３回で固定。とあるゲームで言う万能属性。非常に使い勝手が良く、便利なスキル」

「突進する羊魔物の群れに、むしろ自分が突進したいでござるの巻」

「味方なら便利なスキルだけど、敵に乱発されるとウザいスキル」


へぇ、意外と消費がＭＰ少ないな。今のメイのステータスでは1回しか使えないけど、ＭＰ補給係の俺がいるから問題ない。

ダメージは、メイのレベルが今13だから、１・２５倍して端数切り捨ての16。

それが3回なので、計48……広範囲に攻撃できる手段として覚えておこう。

おぉ、もうすることがなくなった。

他には……と思案するが思いつかず、パソコンの電源を落とした俺は立ち上がり、キッチンへ向かう。ゼリーでも作って食後に出そう。はは、肥えろ肥えろ。

双子の妹達——雲雀と鶲は部活で良く動くから、ちょうど良いだろう。

食後のオレンジゼリーを食べ終わり、妹達の宿題も終わったのでゲームタイム。

ゲームのお陰で宿題を自発的にやってくれるため、お兄ちゃんとしてはありがたい気持ちで一杯だ。うるさく言わなくて済むからな。

俺達はいつも通りヘッドセットを被り、ゲーム開始のボタンを押した。

◆◆◆

暗転から数秒後、途端に視界に広がる知恵の街エーチの噴水広場。

一応毎回ヒタキが時間を考えて、朝の5~6時くらい（ゲーム内時間）にログインするようにしている。とはいえ、間違えて夜にログインしたとしても、一心不乱に生産するから構わん。

ヒバリが思い切り背伸びをし、俺とヒタキに問い掛けてくる。

「さぁて、なにしよっか？　ミィちゃんいないから慎重にレベル上げする？」

「ん、どうしよ？」

「なにをするにも、まずはリグとメイを出さないと」


意外にも案がないのか、ヒタキは首を傾げ、俺を見上げてきた。

「ミィ」というのは双子の幼馴染、飯田美紗ちゃんのプレイヤー名である。

そんな彼女達の頭を苦笑しながら撫で、俺はウィンドウを開きリグとメイを活動状態にした。戦う場面でなくても、いて欲しいからね。

フードにリグ、膝の上にメイを座らせ、噴水広場のベンチで妹達と話し合う。

「そう言えば、ダンジョンの街まで行くのに1週間も掛かるんだって～。広大な世界が、時間制限のある中学生に牙を剥き始めた！」

「ん、調べてある。馬を買うにしてもべらぼうに高い。私達には商人の護衛クエスト、一番良い」

「あー、露店の人も言ってたな。移動するなら、学校がなくて時間の取れる土日か？」

双子の話を聞きつつ、俺はそう尋ねた。ちなみに、元気いっぱいの口調なのがヒバリで、やや感情の薄い話し方をするのがヒタキだ。

ゲームの馬は基本、捕まえた野生の馬を売っているらしく、捕獲するのが危険なので必然的に高くなる。繁殖させているところもあるが、それでも1頭25万M以上する。

手が出る価格ではないので、やはり護衛ついでに、商人の馬車に乗せてもらうのが一番だ。世話やらなにやらもできないしな。ギルドルームやハウスには、買った馬を世話してくれる機能があるみたいだが、こちらも金銭的に現実的ではないから諦めよう。


「うん、そうだねぇ。ゲーム内で1週間……リアルの時間で3時間以上か。むむ、時間が頭の痛い問題になってくるよね～」

「ヒバリちゃん、仕方ない。でも逆に考えるんだ。土日にしか移動できないけど、レベル上げ、アイテム補充など、様々な面で我々は準備万端になれると」

「な、なるほどー！」

「準備を怠る者に下されるのは、敗北という名の鉄槌。戦いにおいて、我々は敵より体格が小さく、ツグ兄はドジっ子属性を素で見せてくれる」

「おい」

「だから、準備を万全にせねばならない。要約すると、これは我々に課せられた、神が与えし準備期間なのだ。それを我々は踏まえねばならない。分かったかね？」

「了解であります！」

当然のように突っ込みがスルーされたので、意味の分からない双子劇場は放っておき、俺はメイのふわふわ毛並みを堪能する。

しばらくすると、双子劇場を終えた2人が同じタイミングでベンチから立ち上がり、俺の方へ向き直った。そしてヒタキが口を開く。

「ふふ。ヒバリちゃんの【リトル・サンクチュアリ】もあるし、図書館の幽霊クエスト受けようか？」

「えっ!?」

最近掲示板で騒がれている、ここエーチの図書館地下に棲み着いた幽霊退治に行きたいらしい。

しかしヒバリが思い切り目を見開き、石のように硬直した。

ゾンビ物は好きでも幽霊物は苦手なのだ。理由は簡単で、幽霊は倒せないから……らしい。

でも、ヒバリはホラー映画を良く見る。怖いもの見たさというやつか。

「退治」と言っても、実際に幽霊の姿を見た人物はおらず、いつもポルターガイストのような現象で追い出されるとのこと。

地下には大した物が置かれていないので、図書館側も、誰かが退治してくれたら良いな、くらいの意識でクエストを出しているそうだ。なのでクエスト失敗による罰金（ばっきん）もなかった。

無理そうなら、申し訳ないけどクエストを破棄（はき）すれば良いし、気楽に考えよう。

ヒタキが固まったままのヒバリに声を掛ける。

「幽霊でも、今のヒバリちゃんならイチコロ」

「ま、まぁ、倒せるから良いよ。リアルならお断（ことわ）りだけど、ゲームだもんね……ゲームなら倒せないわけがない！」

『ヒバリの光魔法一覧』
レベル1【メディ】（小回復）…………消費MP10
レベル5【ポイゾナ】（毒回復）…………消費MP8
レベル9【ライト】（補助）…………消費MP5
レベル16【レイ】（攻撃）…………消費MP20
レベル24【光の加護（かご）】（付与（ふよ））…………消費MP12

レベル32【光矢】（攻撃）………消費MP28

【光の加護】は、武器に光属性を10分間与えられる魔法で、【光矢】は光属性の攻撃魔法で死霊系魔物に効果抜群。光魔法の威力をアップさせる【リトル・サンクチュアリ】もあるし、これなら大丈夫だというヒタキの言い分も分かる。倒せるなら良いか、とヒバリも了承した。

メイと俺も立ち上がると、皆でギルドに向かった。クエストボードの一番分かりやすい場所に目当ての紙が貼ってあり、それを剥がして受付に持っていく。

『未確認ですが、このクエストは死霊系の魔物が相手だと思われます。あの……』

「私が光魔法を使えるので、大丈夫だと思います」

『あ、失礼致しました。こちらが図書館地下へ行く際に図書館側に提示する、ギルド印の入った羊皮紙です。有効期間はクエスト達成までとなっております。退治とはいかなくとも、なんらかの情報を手に入れた場合にも、報酬を支払わせていただきます』

死霊系に有効な武器を持っていない俺達に戸惑う受付の人だったが、ヒバリの一言に深々と頭を下げてクエストの話になった。

ギルドの印鑑が押された羊皮紙を渡された俺は、無くさないようすぐにインベントリへしまう。


【図書館の地下に潜む幽霊の討伐、調査】

【依頼者】図書館館長
図書館の地下に死霊系魔物が棲み着いた様子。地下が使えないのは不便なので、討伐して欲しい。難しければ正体を調査して欲しい。

【条件】無し。

【ランク】？

【報酬】第2類図書　魔術書の閲覧許可証。


『このクエストは受注人数に制限がありませんので、他の冒険者も同時に受けています。地下で会ったとしても、いざこざを起こさないよう注意してください。それではお気を付けて』


俺達の他に、現在8組のＰＴがこのクエストを受けているらしい。

受付の人に見送られながらギルドを出て、その足で俺達は図書館へ向かった。

◆　◆　◆

遠目にも厳かな造りに見えていたけど、近くで見るとそれが肌で感じられる。

攻略掲示板の人達が言うには「アイルランドのトリニティカレッジを模しているよう」とのこと。俺には「木造3階建ての豪華な図書館だな」くらいしか、感想は言えないが。

正面入り口を潜れば、図書館だから当たり前だが本、本、本ばかり。いくつ本棚があるのか数えられないほど。

本棚が等間隔に並べられたホールの中央には幅の広い通路があり、その真ん中に長椅子が置かれ、座って本を読むことができるようだ。天井からは大きめの石（光魔法【ライト】が込められた魔石）が吊るされ、幻想的な雰囲気を醸し出している。

入り口のそばには受付カウンターがあり、司書やそれに準ずる人が忙しなく働いていた。

1階は自由に閲覧が可能なようで、結構賑わっていると思う。

カウンター奥には上下階への階段があり、武装した警備兵がいた。

2階から上は許可がないと駄目そうだ。地下も魔物が出るなら、別の意味で駄目だろう。

どこか厳粛な空気に気後れしたのか、ヒバリが情けない声を出した。

「わぁ、ちょっと場違いな気がするよぉ」

「別に1階は誰でも利用できるんだし、本を大事に扱えば構わんだろ」

「ん。それに、私達は地下を探索する。場違いじゃない。安心して」

「うー……」


市の図書館と比べると……うん、敷居の高さは言わずもがな。しかし、いくら広い入り口だからと言って、いつまでも占拠しているわけにはいかない。


「ほら、行くぞ。置いてっちゃうからな」

「そ、それは嫌～！」


俺はインベントリから羊皮紙を取り出し、皆を連れてカウンターへ向かった。

忙しそうな人ばかりで、カウンターの隅には、書類をものすごい勢いで確認する司書がいた。

悩んでいると、一心不乱に書類をめくっていたその司書が俺に気付き、にこやかに対応してくれてホッと一息。

『おはようございます。どのような本をお探しですか？』

「いえ、俺達はギルドでクエストを受けた冒険者なんですけど。あ、これがギルド印です」

『はい、印の確認ができました。お手数ですが、下(くだ)り階段の警備兵にも羊皮紙を見せてください。それと、調査の終了が深夜になりましても、司書1人と警備兵数人が常駐(じょうちゅう)してありますので、図書館に閉じ込められることはありません。では、お気を付けて』

「ありがとうございます」


羊皮紙を確認してもらってから、ちょっとした注意を聞いた。窓がないから地下は薄暗(うすぐら)く、出入り口はあの階段のみだとか。

対応してくれた司書に皆で頭を下げて、階段前に立っている警備兵の元へ向かう。

警備兵は手慣れた感じで、羊皮紙を見せるとささっと通してくれた。

まだ目が慣れていないので、手すりを使いながら薄暗い階段をゆっくり下りていく。下まで着くと、全員いるのがどうにか確認できる程度の明るさしかなかった。

「壁(かべ)には照明用の魔石があるけど、やっぱ暗いねぇ。えー……【ライト】かもん！」

ヒバリが光魔法を使うと、宙(ちゅう)に魔法陣が浮かび、眩(まばゆ)い光を放つ野球ボール大の球体が現れた。その球体――【ライト】はヒバリの頭上にふよふよと浮かんでいる。

「うぉっ、目がぁぁあああ！」

「でもこれなら、ある程度はカバー。怖いのは光源のない真っ暗闇からの奇襲。気を付ける」

ヒバリが目を押さえて、乙女らしからぬ声を上げた。ヒタキは遠くから【ライト】を見つめ、色々考えているようだ。

はぐれる心配がなくなったので、俺はメイの手を離し、戦闘になった時のために、寝ているであろうリグを呼ぶ。

「メイ、手離すよ。リグ、調査……探査か？　をするから出て来てくれるか？」

(｀・ェ・)>

「めぇ！」

ヽ(｡・w・｡)ノ
「シュシュ、シュ～ッ！」

呼んだ途端もぞもぞとフードが動き、元気良くリグが飛び出してくる。メイは俺のコートの裾を掴んどくらしい。可愛い行動するなぁ。

リグを両腕で受け止めた俺は、いまだ1人コントをしているヒバリと考え込んでいるヒタキに目を向けた。

「ご、ごほんっ。さてと、調べに行きますか！」

「ん、調べる」

　俺の視線に気付いたヒバリが、不自然に咳払いしてから明るく提案する。それにヒタキがコクリと頷いた。

　ずっとここにいても仕方ないし、どうせなら依頼をしっかり解決したい。そう思いながら、大人５人が余裕で横に並べる広さの通路を行く。曲がりくねっているので、来た道を忘れないか心配だ。

　扉を開け部屋をいくつも調べているが、これといった手掛かりはない。幽霊騒ぎで掃除をしていないのか、埃がものすごいことになっている。

　でも今の俺達には、この埃がありがたかったりする。積もった埃に浮かぶ足跡を見れば、調査済みかそうでないかの判別ができるからな。

　足跡に注意しながら進むと、扉を発見。誰も入った形跡のない、まっさらな扉だ。

　ヒタキがノブに手を掛け、ゆっくりとひねる。すると扉は簡単に開いた。

「ん、鍵開けしなくても良かった。GM（ゲームマスター）、目星振りたいです」

「むむ、ファンブル（大失敗）かな？　残念、なにもないね〜」

「……お前達がなにを言ってるのか分からんが、この部屋にはなにもないんだな？」

「ん、【気配察知】に掛からない。なにもない」

「前途多難だな〜」


中には壊れかけの本棚があり、虫食いの激しい本が積まれている。埃の量から、人が久しく来ていないことだけは分かった。

倉庫として使用されているようだが、特に変わった点は見られない。まあ、俺達がすぐなにかを見付けられるわけないよな……。

――カタ。


「ん？」

「ん？　ツグ兄ぃどーしたの？」


なにかある、なにかある……と、ずっと緊張してきたんだ。疲れてるヒバリが気付かなくても仕方ない。

ヒタキの【気配察知】にも引っ掛からないみたいだから、魔物の線は薄いか？　いや、上位の魔物は気配を消すことができる、とも聞いたっけ。

——カタ、カタ、カタ、カタカタカタカタカタカタ。

「あー……やっぱ。本棚とか動いてるよな」
「ん、揺れてるだけ？」
「ポ、ポポポポポポ、ポルターガイスト⁉」

ちゃんと見なければ分からないレベルで本棚が小刻みに振動し、微かに音を立てている。ただ、どれだけ待とうと本棚が振動するだけで、汚れた本が飛来したりすることはなかった。

でもヒバリの反応から察するに、心霊現象が嫌いな人はこれでも怖いだろう。お化け屋敷でいうビックリポイントか？

俺はヒタキと顔を見合わせ頷き合い、この部屋に見切りを付けて、扉のノブに手を掛けた。だが、グッと力を込めても回らない。

「……あー」

「ツグ兄ぃ？」

「ツグ兄？」

「シュ？」(･ェ･)?

「めぇ？」(･ｗ･)?

リグやメイが可愛らしく首を傾げる中、確かな沈黙のあとに告げる。


「……開かない」

「「ナ、ナンダッテー‼」」


やはり双子だな、と再確認できるシンクロ率で驚かれた。ただしそれは台詞だけで、ヒタキは展開が読めていたのか、いつも通り無表情だったけど。

なにもないのに閉じ込められたのか、なにかあるから閉じ込められたのか……考えていても答えは見つからないので、俺はノブから手を離した。

部屋の広さはざっと見て16畳。本棚や虫食い本がたくさんあるから、それよりも狭く感じる。

俺達は部屋の真ん中で円陣を組んで話し合う。

「んー、困った困った。どこかに仕掛けがあるのかね」

「こういう時、もっと地下室がある。そこに死体があったり、怪しい儀式してたり」

「うぅ〜……扉が開かなくなると、敵の襲撃フラグ立つよね。あと、疑心暗鬼とか？」

「推測。壁とか、仕掛けあるかも。トントントン、なんの音？」

「わわ、『あぶくたった』だね。懐かしい」

「じゃあ、壁を調べれば良いのか。一応、地面も調べるか。一応ね」


ヒタキの提案に従って、早速俺達は行動を開始した。【ライト】を部屋の真ん中に置き、それぞれが調べる。

部屋の壁は木造で地面は石。1階は床も木で出来ていたから、石を使っているのは地下だけだね。

映画とかだと、綺麗に並んだ石の1つが、なにかのスイッチだったりするよなぁ。俺よりゲームを良くやる双子の方が詳しそうだけど。

俺は片腕でリグを抱き、コートの裾を掴むメイと一緒に、双子とは違う場所を調べる。

木の壁を叩き、石の地面を踏み、意外と低い天井を触る。壊れた本棚や虫に食われた本もチェックしていく。

「……ポルターガイストが穏やかなうちに、外に出たいよぉ」

「ん、頑張って探す」

ヒバリがポツリと呟き、ヒタキがそれを軽く慰めた。微かに揺れる本棚に恐る恐る手を伸ばすヒバリの表情が、かなり面白かったとだけ言っておこう。

目ぼしいところを全て調べ終わると、再び部屋の真ん中に集まり、俺が口を開く。

「んー、手詰まりか？」

「だよね～。こんだけ探したのに無いとか……」

「ドアは内開き、外開き、スライド式でもない。上に持ち上げるのでもないし、下げるのも違う」

ヒタキが言うように、もう一度扉を調べるとノブの問題じゃなかった。

3人の中でもっとも攻撃力の高いヒバリが、扉を壊すつもりで渾身の一撃を食らわせても、ビクともしないのだ。

一方、「嫌なことでもあった？」と聞きたくなるくらい激しい攻撃を放ったヒバリが、剣をしまいながら振り返り、のんびりした口調で聞いてくる。

「そう言えば、他の冒険者もクエスト受けてるみたいだけどさ、誰もいなかったよね～?」


あ、心なしかカタカタと揺れる本棚の音が、大きくなってきている気が……。

でもそれを指摘すると、結構楽しんでいるヒタキはともかく、ヒバリが怖がるだろう。なので口に出すことはせず、ヒバリの問い掛けに考えを巡らせる。

確か、8組のPTが同じクエストを受けているはずだが、今まで誰とも会わなかったな。図書館の1階には数え切れないほどの人がいたのに、地下には誰もいない……魔物や動物すら。

おかしいとは思うけど、理由が分からなかった。

「案外、真ん中に落とし穴の仕掛けがあって、皆落ちたのかもな」

「ツグ兄、安直」

「まっさかぁ～」

「……そうだよな」

ぽつりと言った俺の言葉を、2人が小さく笑いながら否定した。

うん、認めよう。今のは素直に謝らないといけないくらい、見当違いの意見だった。

場の雰囲気が明るくなった時、腕に抱いていたリグが飛び出す。


（。>w<。）

「シュ！」


——ガコンッ。

着地した途端、腹に鈍く響く音が足下から聞こえてきた。

リグは見た目より軽く、13歳の妹達が片手で持てる重さ。だから飛び降りたくらいじゃ、こんな音は出ない。出ても「トンッ」のはず。

顔を見合わせ、ヒバリが戦々恐々と、ヒタキが心なしか楽しげに、交互に言葉を重ねる。

「これは？」

「まさかの」

「フラグ？」

「建築」

「「乙！」」

不味い状況になっているのに、俺の方を向いてドヤ顔を忘れない精神。思わず苦笑が漏れた。

「余裕そうだな」

「そうでも……な、い、よおぉおぉおおぉおぉおっ!?」

自分がなにをしたか分かっていないリグを抱き上げ、ヒバリに話し掛ければ、彼女の頬がヒクリと引きつる。その瞬間。

ゴゴゴゴゴゴゴゴゴゴッ、バッ！

そんな音を響かせて、部屋の底が抜けた。落ちるまで時間の猶予が与えられると、余計に怖いな。

ヒバリの元気な絶叫を聞きながら、重力に従う。

近くに自分より騒ぐ人間がいると冷静でいられる、とは言うが、まさかゲームで実体験することになるとは……。

底は真っ暗で、周囲の様子が窺い知れなかった。

ちなみに【ライト】の魔法は指示しなきゃ動かないので、置いてきぼり。ヒバリが近く

にいない場合しばらくしたら消えるので、気を揉む心配はない。ただの光だし。

「しっ、死ぬかと思った！　死ぬかと思ったっ！」
「死なない。そもそもゲームだし、ヒバリちゃんが一番HP高い。防御力も高い。死ぬなら紙装甲のツグ兄」
「あ、そっ、そうだねっ！」

暗くて見えないが、落ちた先はポヨンポヨンと触り心地の良いクッションのようになっていた。俺達のHPは損傷せず、リグやメイも無事。

ただしヒバリには心の余裕がないようで、【ライト】の魔法を使うのも忘れているようだ。それを指摘しないヒタキも、少しは動揺しているのかもしれない。

「そうだね、じゃない。ヒバリ、明かりつけてくれるか？　なにも見えん」

「あ、ら、【ライト】」

リグとメイの感触を手で確かめながら言うと、ヒバリがそそくさと魔法を発動させた。

俺達を落下から守ってくれたクッションの正体は、どうやら魔物らしい。

ヒタキの推測では、キノコの魔物マッシュルー。暗い場所と湿気を好んで繁殖する、無害な魔物とのこと。正直、ただのキノコにしか見えなかった。

【ライト】を使い天井を調べても、すでに穴は閉じられていた。壁も地面も土で、マッシュルーのせいで部屋はとても狭い。

「さて、落ちたわけだけど……どうするかね」

溜め息を禁じ得ない状況で、俺はぼんやり呟いた。

どうする、と言っても探索するしかない。図書館の地下1階から、地下2階になっただけだ。

一応、部屋の隅からは暗い通路が延びていた。どこに繋がっているのか分からないが……。

「ううー、行くしかないよね～」

「ん、行く。ずっとここ、さすがに勘弁」

嫌々ながらもヒバリが腰を上げ、不安定なマッシュルーの上を歩き始める。ヒタキもそれに続き、俺やメイも四苦八苦しながら通路に到達。リグはフードの中へ入ってもらった。迷子対策。

しばらく無言で通路を進むと、より大きな部屋へと行き当たった。

ヒバリの【ライト】で部屋全体を照らすと、一面だけが石煉瓦になっており、俺は首をひねった。

ここに来て建造物？　図書館の基礎部分か？　分からん。

「おぉー。古代遺跡かもしれないね！」

「ダンジョンかも」

「とりあえず、なんの手掛かりもないし調べるか。上に繋がってると良いな」

怪しい場所を調べないと脱出できないのが、ゲームのセオリーである。妹達の受け売りだが。

俺達は石煉瓦の壁に近付き、ペタペタと触れてみる。すると煉瓦の1つがスイッチになっていたようで奥に沈み、壁全体が音を立てて左右に割れていく。

「お、やったね！」

その先には真っ暗な通路があった。まだ先があるのか……と溜め息が出る。

通路は大人が３人は並んで歩けるほどで、石煉瓦が使われていた。心霊現象が無いので元気になったヒバリが先頭を務める。

しばらく進んでいくと、ヒタキの【気配察知】に反応があった。数は１。この奥で待ち構えているらしい。向こうは気配を隠しているようで、種類までは分からない。

まったりした空気が一変し、妹達も武器を構える。

メイの木槌だけはかなり大きいので、この先で出すことにした。リグも起こして張り詰めた緊張感の中を進み、入り口のようなものが見えたころ、その気配の持ち主が現れた。

『嗚呼、ドウシテ人ハ我ヲ放ッテ置イテクレヌノダ。我ハタダ、静カニズット眠ッテイタイダケナノニ。ヤハリ、人ハ我ヲ利用シタクテ堪ラナイノカ』

「あの」

『ソレハ仕方ナイ。我ニハソレダケノ価値ガ……』

そこは、【ライト】の光が隅まで届かない広々とした空間だった。中央に台座があり、直径30センチほどの球体が鎮座している。
それ以外なにも無い殺風景な部屋なので、この球体が話しているのだろう。自分語りに忙しいらしく、全くもって人の話に耳を傾けない。まぁ、そもそも耳が無いけど。

「あの！」

俺が思い切り声を張り上げるとさすがに気付いたようで、不機嫌な声で『ナンダ？』と返された。今までの幽霊事件は、この球体の仕業なのだろうか。
もしそうなら、双方が迷惑しているのだ。こう言うしかない。

「ええと……こちらとしても、あなたになにかしていただくつもりはございません。こんな場所にあることすら知りませんでしたし。できればまた、寝ていただけませんか？」

あくまで穏便に話しかけたが、素直に聞いてくれる様子はなかった。

『ナ、ナン、ダト……ッ！　ワ、我ヲ誰ダト思ッテイル。我ハ希代ノ魔導師、シュヴァルツ・スイートハートガ作リシ最高傑作、『何デモ知ッテル君』ナノダゾ！』

「ダサっ」

『……』

「おっと失礼」

球体が名乗った名前は分かりやすく単純なもので、思わず本音が口から出てしまう。ほら、俺って嘘つけないから。そのお陰だろうか、球体が沈黙して話しやすくなった。

「この上には図書館が建っておりまして、幽霊騒ぎで困ってるんです。多分、あなたのせいですよね？」

『如何ニモ！　我ノ眠リヲ妨ゲル人間ヲ、追イ払ッテイタノダ。シカシ、魔ノ大地ト呼バレテイタコノ地ニ人ガ住マウトハ……感慨深イモノガアルナ』

この『何でも知ってる君』は、製作者自身に危険と指定された魔法道具だそうだ。石棺に入れられて地中に埋められ、そのまま寝ていたが、最近……といっても数百年前から頭上がうるさくなってきた。しばらく放って置いたけど、静まる気配が無い。

もしや自分を狙う敵なのでは？　そう思った『何でも知ってる君』は、追い払うことに決めた。

でも上手くいかない。ならば直接会って言い聞かせよう……っていうのが、事の顛末だ。

随分とのんびりした追い払い方だな。しみじみしている球体には悪いけど、俺達は上に戻らないといけない。さっさと交渉して、帰路を探そう。

口を挟んでこなかった双子に目を向ければ、小さく頷かれる。


「早速ですが、あなたには3つの選択肢がございます。まず1つ目、うるさいことに目を瞑りこのまま眠る。俺的には、この選択肢が一番楽で良いと思います。2つ目、地上に出る。俺達があなたを持ち帰り、図書館もしくはギルドに提出します。これが一番面倒な選択肢です。そして3つ目、俺達にぶっ壊される。できるできないじゃなくて、やります」

「死霊系の魔物、アイテム落とさないことの方が多い。偽装、ばっちり」

俺は指を3本突き出し、指折り数えながら話す。ゲームに精通してる人ならもっと良い案も出せたんだろうけど、俺達を招いたのが運の尽きだと諦めて欲しい。

比較的魔物に詳しいヒタキの援護射撃もあり、球体は苦虫を数十匹噛み潰したような声で唸った。

『ウググッ…………致シ方アルマイ。1ヲ選ブトシヨウ。人間、我ハマタ眠リニツク。

此処ノ事ハ他言無用デ頼ム』

溜めに溜めたあと、ようやく球体は決断した。ぶっちゃけ壊すのでも構わなかったんだけど、罠とかも怖いので助かった。一緒に行くとか言われたり、持ち帰りになるのも面倒そう。

これが互いにとって、最良の選択だったと思いたい。

それから少々の沈黙を経て、ヒバリが恐る恐る「ねぇ……」と口を開く。

それは俺も思っていたが、なぜか嫌な予感がして聞かなかったことでもある。

「あの、ここからどうやって地上に出れば良いの？」

『……』

「ま、まさか、落としたは良いけど、帰る術は無いとか言わないでね？」

沈黙する球体に不安を感じたのか、ヒバリは慌てて「ね？　ね？」と返事を急かす。

『一応、アル。上カラオ前達ヲ落トシタ場所に、マッシュルーガイタダロウ？　ソコニ、歳月ヲカケテ出来タ、天然洞窟ヘノ入リ口ガアル。多分、地上ノドコカニ繋ガッテイルダロウ』

一応、とは言いつつも、答えが得られてヒバリがホッと一息ついた。あのポヨンポヨン魔物がそんなものを隠していたのか……。

少し強引な話し合いも終わったし、あとは地上に戻ってギルドに報告するだけだ。また自分語りを始めそうな球体は放っておき、妹達とメイとUターン。

その際、『エ？』と球体から悲しそうな声が上がったのは、無視の方向で頼む。無視だ無視。

「天然洞窟かー……一体、いつになったら私達は地上に戻れるんだろ～」

「ヒバリちゃん、がんば。あと少しだよ」

マッシュルーの元へ戻る道すがら、ヒバリがぼやく。

確かに、結構時間を食ってる感覚があった。

試しにウィンドウを開いて確認すると、図書館に着いたのが6時少し前で、今が9時だから、3時間以上も経ってる。んで、満腹度と給水度は残り3分の2まで減ってるな。

リグは大人しく寝ており、それに苦笑しながら部屋まで行くと、マッシュルーが相も変わらずスペースのほとんどを占めていて、入り口なんて見えなかった。

ちなみにこのマッシュルー、マッシュルームじゃなくて椎茸の姿をしているという謎仕様だ。

「マッシュルー、端から千切って探すか。入り口なら壁にあるだろうし」

「サクッと切れるね～」

ヒバリやヒタキが武器を持ち、早速切り始める。マッシュルーの弱点は傘ではなく軸の部分なので、傘を切っただけならまた生えてくるらしい。なぜかマッシュルーの知識が増えていく……。

しばらく千切っては投げ千切っては投げを繰り返すと、ポカリと空いた穴を見付けることができた。

半分程の大きさになってしまったマッシュルーに別れを告げ、【気配察知】持ちのヒタキを先頭に、穴へ足を踏み入れる。

【ライト】は頭上で自動追尾にしてもらった。明る過ぎると魔物を呼んでしまうが、暗いと動けないからな。ついでに双子に【MP譲渡】もしておく。俺の重要な仕事だ。

若干湿り気を帯びた土の通路を、武器を手にして慎重に歩く。最初は1人がやっと通れる程の道幅だったが、次第に広くなっていき、今では3人が余裕で歩けるくらいになった。


「どんどん道幅が広くなってる。このままなにもなく、上に行ければなぁ～」

「ん、でも、無理。この先、蝙蝠の魔物3匹」

「……ま、まぁ、変な球体の相手より断然マシかな～。レベルも上がれば万々歳だし」


ヒタキがスキルで感知した魔物の襲来を告げたので、俺もリグとメイに声を掛ける。


「リグ、メイ、頼むぞ」

(`･w･)「シュッ」

(´･ｪ･`)「めぇ！」


現実世界に吸血蝙蝠は数種しかおらず、ほとんどが花の蜜や果物、昆虫を食べるらしい。

ゲームにはそんなこと関係ないようで、通路から広い部屋に出れば、パタパタと羽ばたく蝙蝠3匹と対峙することに。

いつものように、リグの蜘蛛の糸で蝙蝠を地上に落とし、メイが大木槌を降り下ろす。

双子は魔法が使えるので空を飛ぶ敵にも苦戦せず、ヒタキに至っては魔法だけて蝙蝠を倒していた。

戦闘後、【ライト】で辺りを照らすと、遠くまで1本道が続いている。奥へ行くほど天井が高くなり、【ライト】の光が届かなくなった。

【気配察知】が無ければ魔物に奇襲されていたかもしれない。ヒタキ様々だ。

「脇道とか無くて楽だな。あぁでも一応、道は覚えておくよ。任せとけ」

「任せる任せる！　記憶力は九重家でツグ兄ぃが一番だもん。代わりに戦いは任せておきたまえ」

「ん、おきたまえ」

ちょうど良いので、ここでステータスを一度確認しておくか。

REAL&MAKE
リアル アンド メイク

【プレイヤー名】
ツグミ
【メイン職業／サブ】
錬金士Lv23／テイマーLv25
【HP】464
【MP】888
【STR】64
【VIT】60
【DEX】115
【AGI】60
【INT】142
【WIS】127
【LUK】95
【スキル8／10】
錬金27／調合32／合成29／料理59／
テイム45／服飾34／戦わず16／MPアップ8
【控えスキル】
シンクロ（テ）／視覚共有（テ）／魔力譲渡／
神の加護（1）／ステ上昇／固有技・賢者の指先
【装備】
革の鞭／フード付ゴシック調コート／
冒険者の服（上下）／テイマーブーツ／
女王の飾り毛マフラー
【テイム2／2】
リグLv45／メイLv13
【クエスト達成数】
F21／E10

REAL&MAKE
リアル アンド メイク

REAL&MAKE
リアル アンド メイク

【プレイヤー名】
ヒバリ
【メイン職業／サブ】
見習い天使Lv２７／ファイターLv２７
【HP】１１８３
【MP】５４８
【STR】１４４
【VIT】２０２
【DEX】１０８
【AGI】１０９
【INT】１１１
【WIS】９７
【LUK】１２６
【スキル７／１０】
剣術４７／盾術５４／光魔法３６／
ＨＰアップ３９／ＶＩＴアップ５０／挑発４１／
ＳＴＲアップ８
【控えスキル】
カウンター／シンクロ／ステータス変換／
重量増加／神の加護（１）／ステ上昇／
固有技リトル・サンクチュアリ
【装備】
鉄の剣／バックラー／
レースとフリルの着物ドレス／アイアンシューズ／
見習い天使の羽／レースとフリルのリボン

REAL&MAKE
リアル アンド メイク

REAL&MAKE
リアル アンド メイク

【プレイヤー名】
ヒタキ
【メイン職業／サブ】
見習い悪魔Lv26／シーフLv25
【HP】688
【MP】579
【STR】111
【VIT】93
【DEX】172
【AGI】153
【INT】116
【WIS】112
【LUK】113
【スキル7／10】
短剣術41／気配察知74／忍び歩き21／
闇魔法39／DEXアップ37／回避48／
投擲24
【控えスキル】
身軽／鎧通し／シンクロ／神の加護（1）／
木登り上達／ステ上昇／
固有技リトル・バンケット
【装備】
鉄の短剣／竹串／レースとフリルの着物ドレス／
レザーシューズ／見習い悪魔の羽／
始まりの指輪／レースとフリルのリボン

REAL&MAKE
リアル アンド メイク

たまに現れる蝙蝠の魔物を倒しながら、歩くこと2時間以上。現実ならもう良いお昼時だ。

久しぶりに分かれ道があったかと思えば、その数がなんと5本。

俺達は顔を見合わせ、一斉に溜め息をついた。天然洞窟は複雑だ、仕方ない。


「う～……ツグ兄ぃ、当てずっぽうで大丈夫？」

「覚える自信はあるけど、どうする？」

「ん、進むしかない。ずっと地下生活は嫌」


ヒバリと首をひねりあっていると、きっぱり断言したヒタキが、さっさと一番端の通路の中に消えてしまう。

俺達が慌てて後を追うと、ちゃんとヒタキは待っててくれた。うん、近年稀に見るグタグタだったな。反省。

しばらく行くと、蝙蝠の群れにお出迎えされただけで行き止まり。群れと言っても焦らず対処すれば問題なかったので、俺達は来た道を戻ることにした。

【ボ、ボクは悪い】LATOLI【ロリコンじゃないよ！】part3

（主）=ギルマス

（副）=サブマス

（同）=同盟ギルド

・

・

・

428:かなみん（副）

皆、ガチャひいた～？　お姉さんは上級HPポーションだけだった。残念。

429:ナズナ

>>416ら、らめぇ～！　ボクのHPが0になっちゃううぅ～(´；ω；`)

430:もけけぴろぴろ

wwwwwwwww

431:わだつみ

ここだけ見たらただの変態板wwうぇっwwwうぇっwww

書き込む　全部　<前100　次100>　最新50

432:ましゅ麿(まろ)
>>428引いたよー。１回だけど金でレア泥30分25%アップ。魔王級ダンジョンで使うんだー。良いのドロップするよう祈ってー。

433:ちゅーりっぷ
>>428思わずひいちゃったー。30回wwでも良いの当たらなかったww

434:かなみん（副）
>>429ドンマイww

435:NINJA（副）
>>428コンビニで一万課金したでござる。さようなら、俺の夕飯一品ww

436:餃子(ぎょうざ)
>>432裏山！！！
それって個人？　PT？　PTだったらめっちゃ課金する。めっちゃ課金する!!

437:棒々鶏(バンバンジー)（副）
鯖(さば)の維持費でお金無くなってきたのかなぁ？　ちょっとお布施(ふせ)する

書き込む　全部　<前100　次100>　最新50

わwwとりあえず千円くらい。

438:こずみっくZ

課金○○円しただけ報告の人は良いの当たらなかったんだな、残念。
自分も銀の結界石が最高だったんだけどね！　ちくしょうwww

439:氷結娘

>>436個人っぽいよー。早速ガチャ報告板出来たから見に行けば？
黒の報告も一応あるし。

440:白桃(はくとう)

黒引いた人いるんだろうか？　気になるねww

441:魔法少女♂

>>428
金の空の魔石～。魔法使えないからラッキー☆　知り合いの魔法使いに強い魔法入れてもらうんだ☆☆

442:黒うさ

>>437俺もお布施しちゃう(・∀・)人(・∀・)
なけなしのお小遣(こづか)いからとりあえず500円w

書き込む　全部　<前100　次100>　最新50

443:プルプルンゼンゼンマン（主）

ヲィ魔法少女wwwww

444:かなみん（副）

魔法少女♂（仮）www

445:もけけぴろぴろ

魔法少女♂さん、自分の名前を忘れんなwwww

・

・

・

477:NINJA（副）

皆、ロリっ娘ちゃん達は知恵の街エーチに向かう模様（もよう）！　繰り返す、これは訓練じゃないでござる！　メーデー！　メーデー！

478:棒々鶏（副）

>>477がた！

479:かるぴ酢（す）

>>477がたん！

書き込む　全部　<前100　次100>　最新50

480:フラジール（同）

>>477ガタッ！

481:ヨモギ餅（同）

>>477ガタガタ！

482:コンパス

>>477がったん。

483:もけけぴろぴろ

>>477ガタガタガタガタガタガタガタガタ！

484:夢野かなで

>>477ガッターン！

485:kanan（同）

>>477ガッシャン！

486:黄泉の申し子

この間、僅か8秒（驚愕）

書き込む　全部　<前100　次100>　最新50

487:プルプルンゼンゼンマン（主）
大移動が始まるな。移動手段確保しないと。

488:中井
>>477ダッシュで行かねば！　ダッシュで！

489:密林三昧
ギルド用の馬車とか買った方が良いのかなぁ？　多分何台も買うしかないから金足りないかなーww

490:甘党
>>477もうエーチに行くんだ。仔狼ちゃんもいるから強気に行けるよね。フルPTみたいだし。

491:空から餡子
ダンジョンの街にいる人はドキドキだな。ダンジョンに早く来てくれ～！

492:フラジール（同）
>>489ギルド用の馬車はあまりオススメ出来ないかも。最大20人が乗れる馬車が一番大きい。えーと、値段は下80万～上300万くらいだったかな……。

書き込む　全部　<前100　次100>　最新50

493:神鳴り（同）

>>489俺のトコは時空魔法使いに空間拡大してもらったから快適ー。馬に負担無いからねヽ(・∀・)ノ　必要なら紹介するよー。

494:かなみん（副）

>>486黄泉たん合わせて10秒というww

495:sora豆

民族大移動www

496:棒々鶏（副）

>>492高いな。要相談、って感じだな。集めた金勝手に使えないし、あとで話し合います。

497:黄泉の申し子

>>494良い歳のおっさんだから黄泉たんやめてww恥ずかしいwww
すごい恥ずかしい！　ww

・

・

・

551:プルプルンゼンゼンマン（主）

あば、あばばばばばばばばばばばばば！！！　皆の者、であえ

書き込む　全 部　<前100　次100>　最新50

であえーい！

552:フラジール（同）

うおおぉぉおぉ！　うおおおおぉぉおぉ！　うおおぉぉおぉおおっ！

553:棒々鶏（副）

僕の女神達が！　僕のMEGAMI達がぁぁああぁ！

554:つだち

hshshshshshshshshshshshshshshshshshshshshshshshshshshshshs!

555:ヨモギ餅（同）

>>551どうした変態。

556:NINJA（副）

生きてて良かった！　神様仏様一つ目ロリコン様ぁぁ！　有難うございます。ありがとうございます！　もう一つオマケにありがとうございます！

557:黒うさ

わー、可愛い！　自分も若ければ着たいくらいに可愛い！　お兄さ

書き込む　全部　<前100　次100>　最新50

んも美人に磨きが掛かってる。マジ女神！

558:魔法少女♂

ロリっ娘ちゃん達の着物ドレスも良いけど、お兄さんのゴシックコートも良いよね！　裾にさりげなくレースをふんだんに！　腰をコルセット風にしてるとか、そんな腰を強調して襲ってくださいと言ってるみたいです！　襲います！　止めるな！

559:iyokan

本当、お兄さん多才だよなー。羨ましい。

560:フラジール（同）

>>555多分お兄さん製作の服をお兄さん達が着用してる。すごく、お持ち帰りしたいです（迫真）

561:焼きそば

このロリコン共めっ！

562:ましゅ麿

これは興奮するしか無い！　パンチラは望めなくとも！　太股チラは望める！

563:かなみん（副）

今日は祭りじゃーっ！　今日は祭りじゃーっ！　SS撮(と)りまくっちゃうどぉーっ！

564:kanan（同）

お巡(まわ)りさんこっちです。

565:パルスィ（同）

お巡りさんあいつです。

566:嫁(よめ)はメシマズ（同）

運営さんこっちです！

567:氷結娘

興奮する気持ちも分かるけど、通報しますたwww

568:ちゅーりっぷ

頼んだら作ってくれないかなー。友人とお揃(そろ)いで一緒に着たい。一着5万Mまでなら出しちゃう！

569:こずみっくZ

>>559同感〜。

書き込む　全 部　<前100　次100>　最新50

お料理教室とか、裁縫教室とかしてくれたらダイナミックお邪魔しまする。

570:つだち

ギルメンが騒いでると、自分は冷静になれる（確信）。よし、ノリ遅れた俺は後手に回ろうジャマイカ。お巡りさんこっちです！　w

571:もけけぴろぴろ

ただでさえ目が付けられそうな容姿なのに、もっと気を付けなければ……！

572:餃子

これはストーカー騒ぎになっても良いレベルwww

書き込む　全部　<前100　次100>　最新50

以降、ずっとロリっ娘ちゃん達とお兄さんの新しい服について、変態談義が続く……。

◆◆◆

何事もなく5本ある分かれ道の場所まで戻り、次は隣の道へ入る。本当に地上へ続く道があるのなら、いずれは脱出できるはずだ。

できなかったら、メイに大木槌であの球体を壊してもらおう。可哀想だとか、異論は認めない。

２つ目の道は、１人分程度の幅しかなかった。だが出口を抜けると視界が一気に開け、多少の足場以外は一面の水溜まりだった。

俺達を置いて、双子が興味津々な様子で水へと近寄った。

「ん～、ここも違うみたいだね。おっきな水溜まりがあるだけだし？」
「水、すごく濁ってる」
「本当だ。でも、底に隠し通路あったらどうする～？」
「……嫌。絶対嫌」

水は、俺のいる離れた場所からでも分かる程、濁っていて汚らしい。【ライト】の光では底が見えないだろうな。

「戻ろう」と言いかけた瞬間、ザバァッと水面から何かが飛び出してきた。

――バクンッ！

それは、とても大きな影だった。

魚ともなんとも形容しがたい姿の影は、水面近くを漂わせていた【ライト】を呑み込み、ことさら大きな音を立て水の中に消えていく。

遠くから見ていた俺でも心底驚いたのだ。双子は盛大に身体をびくつかせ、ゆっくり後退る。


「……ビックリ。あんなの攻略に載ってない」

「なっ、なな、長居は無用だよ！　次の場所に行ってみようか、ツグ兄ぃ！」

「そう、だな。うん」

2人はすぐさまここを離れたいようなので、俺も頷き、来た道を戻る。

道はあと3本残っているから、そっちに期待したい。全て駄目だったとき、もう一度ここを調べないといけないんだろうか……。

次の道は、２つ目と同じように狭く短かった。ヒバリがビクビクしながら先頭を行くが、途中から水浸しで先に進めなくなっていた。

またも茶褐色に濁った汚い水で、底知れぬ不安感を煽ってくる。俺達はもちろん踵を返した。

そして４つ目の道。広めの道をしばらく歩くと、いきなり真っ暗な巨大空間が広がっていた。

思わずといった風にヒバリが呟く。

「わ、真っ暗～」

敵がいたら狙い撃ちされてしまうので、近くの【ライト】の光量を抑え、もう１つ【ライト】を出して、空中を適当に漂わす。さっき、あの変な魚に食べられちゃったからね、うん。

「う～ん。真っ暗なだけで、特になにかありそうな感じはしないよねぇ……？」

「ダークゾーン？」

「とりあえず保留にして、５つ目の道に行けば良い。それから考えよう」

「うん。そうだね～」

最後の道が残っているので、無理して進まなくても良いだろう。同時に首を傾げていた双子に俺が提案すると、緩(ゆる)い口調でヒバリが同意した。

来た道を戻り、分かれ道から5つ目の道を進む。この道は魔物の気配がするものの、時折強い風が俺達の頬を撫で、髪を揺らす。あ、こりゃ調べる順番ミスったな。

「風が吹く、洞窟、外に繋がる。普通なら」

「ぎゃ、逆から調べてたら一発だった？」

「……ん」

ふむ……と思案するヒタキに、がっくり肩を落とすヒバリ。

と言うかヒタキ。その台詞、お前達が良く言う「フラグ」って奴じゃないか？

10分ほど歩いた先には、空間が広がっていた。

【ライト】の光が微かに届く高い天井、左右は光が届かず、真っ暗と言って良い。

地面は湿り気を帯びた土で、見える範囲には大小様々な岩石が転(ころ)がっている。

ヒバリが【ライト】の数を10個に増やすが、それでも隅の方はまだ見えなかった。

ヒバリの減ったMPを俺の【魔力譲渡】で補(おぎな)い、改めて探索を開始。ちなみに皮膚接触(ひふせっしょく)

しないと【魔力譲渡】ができないから、いつも握手だ。

ヒバリが首を傾げながらキョロキョロして、【ライト】をウロウロと漂わせる。

「風があるから、どこかで地上と繋がってるはずだよね。どこ～」

「道、穴……？　最悪、壁壊して進む。メイがいるから簡単、ね？」

(*>ェ<)

「めっ！」

ヒタキがメイと一緒に、すごいことを話している。

俺は笑いながら、ヒントを出すことにした。常に身体の正面に風が当たるよう進めば、時間は掛かるだろうけど、風の吹き込む場所に辿り着くはずだ。

「どこから風が来るのか、確認しながら進めば良い。頭のサイドテールを存分に使えば分かるだろ」

(・w・?)

「シュ？」

「ん？　え？　えっ？　これ、なん、どぅあっ！」

Σ(ﾟwﾟ;)

「シュ！」

さて行くか……と足に力を入れた途端、なにかに引っ張られた。足元を見ると、ぬかるんだ地面から手首が生え、俺の足首を掴んでいる。

もう一度言おう、手首が生えている。土と同色で、がっしり掴んで放してくれない。上手く対応できれば良かったんだけど、いかんせん俺は運動が少しだけ苦手だ。驚いている間に足を引っ張られ、リグを放り出して前方へ倒れた。

リグは身軽なので、すぐ体勢を立て直してストンと着地。お見事。

「残酷な描写減」などのゲーム設定で、いくらリアリティを低めにしているとはいえ、咄嗟に突いた手の先は湿り気のある土。汚れなくとも、なんとも言えないその感触に俺は思わず眉を顰めた。


「ツグ兄！」


気付いてくれたヒタキが竹串を【投擲】し、それが刺さった土の手首は慌てて地面に引っ込む。

直後、至る場所から人の姿をした土人形と、土の手首が多数出現した。

ぐねぐねと、人間ならありえない動きをする土人形に、ヒバリが若干引いているのが分かる。

「ヒバリとヒタキは土人形、リグとメイは土手首で良いか!?」

俺が声を張り上げると、皆から了解の返事があった。いまだ転んだ体勢だった俺も、慌てて立ち上がる。

ざっと見、人形が10体に、手首が20体程度。

先陣を切ったのはヒバリで、剣を構えて近くの土人形に突き刺した。だが人形はぐねぐねと動き続け、腕を振り上げてヒバリを叩く。

人の可愛い妹になにしてんだ！　と駆け寄りたかったが、土手首に邪魔され思うように動けない。

一方、リグは普段より多くＭＰを込めた糸を吐き土手首の動きを止め、それをメイが大木槌で叩き潰す。こちらはいつも通り、安心して見ていられる戦い方だ。

「ヒバリちゃん。人形、突くより斬ると良い」

「あ、そっか～。ひぃちゃん頭イイね！」

ヒタキがヒバリに話し掛けつつ、素早く土人形に接近して短剣で腕を斬る。

するとそこから先がただの土くれに変わり、ビチャリという、湿り気を帯びた音を立てて地面に落ちた。傷が即座に再生する、なんてこともない。

倒し方さえ分かればどうとでもなる、と言いたげなヒバリは、元気に声を上げて土人形を倒し始めた。実際、土人形に叩かれたヒバリのHPは32しか減ってない。

土人形の攻撃力が低いのか、タンク希望ヒバリの防御力が高いのか……。

◆　◆　◆

最後の1匹を倒すと、全員で安堵の息をつく。リアリティ設定が高ければ、きっと俺達は土塗れだったろう。運営に感謝。

双子が剣をしまっている間に、俺はリグとメイを労りながらウィンドウを開く。

「ありふれた土、粘土質の土、壊れた魔石の……欠片？　戻すって？　良く分からん」


【壊れた魔石の欠片】

使用済み。壊れてしまった魔石の欠片。空の魔石へ戻すには大量の壊れた魔石の欠片、賢者の力が必要。レア度1。売値5M。

一応インベントリに置いておくけど、空の魔石は自分で作れるから、これを集める必要は無さそうかな。ってか妹達に、俺が作れることを教えてなかった気が……別に良いか。双子は魔法を使えるし、俺はＭＰを他人に与えられる。空の魔石の重要度は低いよな。

また魔物が現れる前に脱出してしまおう、と俺達は急いで出口を探していた。風の吹いてくる方向は……お、ヒタキがそれらしい場所を見つけたようだ。

穴の大きさは、四つん這いになれば俺でも通れるのでホッと一安心。

【ライト】の光量を下げてから穴を覗けば、少し遠いけど光が見えた。

「やっと地下からおさらばできるね！」

「ん、念願の地上」

「まだだ。地上はこの穴を潜り抜けた先だぞ。ほら、行った行った」

「わ、分かってるよぉ～」

探せば他にも地上へ通じる道があったのかもしれないが、俺達は屈んで手をつき、狭い穴に文句を言いながらも進んで行く。

【ライト】は1個だけを、光量を落として持って来た。小さなリグは普通に歩き、メイはちょっとだけ腰を屈めている。

しばらく進むとようやく外に出られて、太陽の光と清々しい解放感に包まれる。

感動しながら「ここはどこだ？」と周囲を見渡せば、生命力に溢れた木々が生い茂り、建物は見当たらなかった。

だがヒタキの【気配察知】によると、少し離れた森の外にプレイヤーがいるとのこと。知恵の街はさほど遠くないだろう。多分。

キョロキョロと辺りを見ながら、ヒバリが屈託のない笑顔で元気良く言う。

「とりあえず森を抜けよ～。あ、ギルドに報告する時はどうする？　どうしよう？　あの球体から欠片とかもらってくれば良かったね～。メイの大木槌でドカッて！」

(*´ｪ`)b

「めっ！」

「ヒバリ、メイ。それだと欠片どころの問題じゃなくなると思う」

メイがノリノリで返事をするので、俺は苦笑混じりに諌めた。しかし、確かに証拠品がないのでギルドに報告するのは難しいかもな。んー、どうすれば良いことやら。

　そこでヒタキが口を開く。

「あ、嘘発見器みたいなのがギルドにある。魔法道具。疑わしい時使用されると、掲示板に書いてあった。だから大丈夫。多分」

「へぇ～。本当、剣と魔法の世界は便利だねぇ～」

「ま、ゲームだし」

「あ、それもそっか！」

【気配察知】でもしているのかと思いきや、ヒタキは黙って思案していたらしい。

　それなら良いかな……と、俺は短い草の生えた地面に腰を降ろし、インベントリを開いた。

　満腹度と給水度が半分以下になっている。俺の行動を不思議そうに見ていた双子も、そう説明すると、納得したように座った。

　時間経過で減るし、激しく動くと減る。そういう所は無駄にリアリティがある。俺ですら半分も減っているのだから、動いていた双子はもっと減っているだろう。

　食べ物を取り出していると、リグが元気に催促してきた。良く食べて良く寝て、早く大きくなぁれ……いや、やっぱり大きさはこのままで良いな。

「私達はツグ兄ぃがいるから良いけど、ゲームで美味しい物食べたら、現実の食事が疎かになりそうだね～」

「ん。だから運営、食べ物わざと不味くする?」

そんなことを話しながらささっと食事を済ませ、森を抜けるべく歩き出す。

一見、適当に歩いてるようだけど、ヒタキがいるから迷子の心配は無し。

数時間歩くと、知恵の街エーチの門が見えて来た。そして、無事にギルドまで到着する。

どこか上品な造りの建物に入って受付カウンターに向かうと、中途半端な時間だからか、待たずして対応してもらえた。

というわけで今、俺は【真実の眼】という嘘発見器に手を乗せている。

『確かに嘘ではない様子。では、我々職員が地下室に行き最終確認が済み次第、ランクの決定と報酬の支払いが行われます。よろしいですか?』

「はい、大丈夫です」

『どこのギルドでも受け取り可能ですので、ご安心ください。つまり次回のログイン時、どの大陸にあるギルドでも、報酬を受け取ることが可能となります』

【真実の眼】を取り出した時のギルド職員は固い表情だったけど、嘘じゃないと分かると綺麗な笑みに変わった。

これ以上することは無いので、えー……メタ発言？　を聞き流してギルドを出る。

ギルドハウスやルームは設立してないし、作業場を借りるのは料金がかさむ。いつも通り住民が憩いの場所として使用する噴水広場に向かい、隅にあるベンチに座った。

俺が真ん中で妹は両隣。リグはフード、メイは膝の上。これもいつも通りだ。

ヒバリが両手を組み、身体を解すように思い切り伸びをして話し出す。

「んん～、クエスト大変だったねー。少し怖かったけど、途中から怖がる暇も無かったかなぁ。でも楽しかったし、万事ＯＫ！」

伸びを終えると、満面の笑みでこちらを見た。

そんなヒバリの様子に、クエストを提案したヒタキが、ホッと息をつき微笑む。

「良かった。勧めたの私だけど、ヒバリちゃんに嫌われたくない」

「あはは、私がひぃちゃんのことを嫌うわけないよ～。もちろん、ツグ兄ぃも同じだから安心してね？」

「あぁ。分かってるよ」

ヒタキの言葉をヒバリは笑い飛ばし、ついでに俺に向かって可愛らしく首を傾げる。

うん、あざといぞマイシスター。俺は笑いながら2人の頭を撫でた。

ジーッと見られていたので、メイも撫で回す。そんなことをしていればリグも起き出し……って、いい加減俺の手が足りない。

しばらく皆をわしゃわしゃと撫でてから、俺はベンチを立って、代わりにメイを座らせた。

今の時間は夕方と言うには早く、昼間と言うには遅い。俺達は時間を潰すため、なにか良い案がないか話し合う。

「図書館で本とか読んじゃう？　一応、1階の本はほとんど日本語で書いてあるから、私達でも読めるらしいよ～」

「露店見たり、もしくはツグ兄の生産。でも本、気になる。むむ、難しい」

「俺の生産は夕方や夜にでもできるから、後回しで大丈夫だよ。2人が気になる方で良いんじゃないか？　それに、俺も図書館の本は気になってたんだ」

「よし、図書館だ！」

ヒバリとヒタキの意見を取り入れつつ、一応自分の意見も言っておいた。

濃い時間を過ごしたから忘れそうだけど、今はまだ1日目（ゲーム時間）なんだよな。明日もあることだし、ゆっくり行こう。

結果、ヒバリが元気の良い声を上げ、ピョンッと立ち上がり、握り拳を突き上げた。ヒタキとメイも立ち上がり、一番大きな通りを歩く。

噴水広場から図書館は目と鼻の先なので、1分程度で着いた。前回対応してくれた司書さんがいたけど、ギルドの確認待ちだから、まだ報告はできないな。

図書館は穏やかな雰囲気で、小声なら多少話をしてもお目こぼしされそうだ。

無数に並ぶ本棚に圧倒されながら、棚の横に付けられた案内板を見ながらうろつく。

「んー、地図とか見る？　攻略掲示板行けば良いんだろうけど、自分の目でも確かめたいよね～」

なにがヒバリのテンションを上げ上げにしているのかは分からないが、楽しそうなので構わない。

俺に見たい物があったわけでは無いので、グイグイ進むヒバリの後について行く。

蔵書が途方もない数で探しにくかったが、根気強く探せば見つかるものだ。

「おー、ハードカバー……って重い！」

一際大きな本棚からヒバリが取り出した地図帳は、重厚なハードカバーの地図帳だった。
その大きさはおおよそA2サイズ。厚さは30センチ弱といった所か。
豪華な金箔押しで『ラ・エミエール縮尺地図帳』と書いてあるので、探していた物で間違いない。

STR（力）の高いヒバリでさえ重いのだ。俺なら持ち上げられない自信がある……。
下手な冒険はしない主義なので、そのままヒバリに運んでもらい、空いている長椅子に地図帳を載せた。もちろん、そーっとだ。もし壊したりしたら、すごく大変そうだからな。
地図帳の紙はゴワゴワして触り心地が悪いけど、意外としっかりしていた。雑に扱わなければ破れる心配は無さそうだ。

重い表紙を開き、興味津々で目次を眺める。目次には世界の名前、大陸の名前、国の名前、それより小さく都市の名前……町や村は省かれているらしい。

あぁでも、ダンジョンの所在は詳細に書かれてるな。

双子に急かされページをめくると、世界全体の図が目に飛び込んできて、俺は思わず「日本地図？」と呟いてしまった。

彼女達も初めてこれを見たようで、感嘆の溜め息をついている。良く見ると全体的に海岸線が丸みを帯びているので、日本地図ではなかった。

北海道のように大きく独立した大陸は【レジェンナ国】。その中央に【聖域：世界樹が育みし大地】と書かれており、側には【魔王級ダンジョン】とある。町や村は分からないけど、大きな都市は無いらしい。

北東の小さい島……日本で言うなら択捉島がある場所には、【独立国家：天の使いが住みし空中都市フェザーブラン】と書かれていて、側に【特級ダンジョン】ともある。

こういったダンジョンは迷宮とも呼ばれており、攻略難易度によって、初級、中級、上級、特級、魔王級の５段階に分かれている。

級が１つ上がる度に、出現する魔物の強さやダンジョンの階数が変化するそうだ。

例えば、初級は全10階でレベル20までの魔物しか出ないが、魔王級は全２５５階もある。ただし魔物の強さは冒険者に合わせて変化するという。

まぁ、例外もある様子。ダンジョンは日々変化するから、柔軟に対応しないと冒険者稼業はやっていけない。

「へぇ、結構詳しく載ってるね。町や村は無いけど、これあったら便利そうだなぁ～」

「重い、高い、でも良いの？　中古の本でも1万Mから、これすごそう」

「……まぁ、そうだよね。攻略板で我慢する」

「ん」


ペラペラ地図帳をめくりながら、感心したように言うヒバリ。

持ち運びはインベントリがあるから楽だろうけど、出した時が大変そうだ。

それに値段。価格設定の基準は良く分からないが、生活に必要ない嗜好品ほど天井知らずの値段になると考えて良いはず。

さて話を戻すと、青森から新潟、福島までが【アフキシモ国】。栃木、茨城、千葉が【キイチ国】。埼玉、東京、神奈川が【ミティラス国】。群馬から京都、和歌山が【フェルデン国】。中国地方が【バンビズ国】。四国が【ミリバール国】。九州が【クロイツェン国】。沖縄にも空中都市みたいな国があり、【独立国家：諸悪の使いが住みし地底都市アガリプト】というらしい。

先程の2つを合わせ、この世界ラ・エミエールには10の国があった。今はそれぞれの国名と、中心都市の名前くらいを把握しておけば十分だろう。

【アフキシモ国】には【大都市アインド】。【キイチ国】には【都市シーザル】。

この前、露店の店主の話にも出てきた【ミティラス国】には【小都市バロニア】。お、ちょうど富士山の位置に【霊峰山ミール】と書いてあるな。

【フェルデン国】には【都市ノーラヴィ】。【バンビズ国】には【都市オルタシア】。【ミリバール国】には【都市セルチナ】。【クロイツェン国】には【都市ソルシエール】。

ちなみに、初級～魔王級ダンジョンを複数持つ国はあるが、全てを兼ね備える国は無い。次の目的地である迷宮の街ダジィンが、どれだけ稀有なのかも知ることができた。

「んー。そう言えば、俺達はどこにいるんだろう？」

指で地図をなぞりながら、俺は疑問を口にする。旅をしながら世界の全てを見知れば良い、とされ、公式サイトにも載っていなかったのだ。

するとヒタキがウィンドウを開いて調べてくれた。

「掲示板によると、キイチかフェルデン、推測」

「近くにミティラス国があるらしいから、多分どっちかだよな。日本と東西南北の向きが同じなら今はフェルデンだし、逆なら……この前聞いた漁村スキコって、もしかして銚子になるのか？」

「えっとぉ、銚子はこの端っこ辺りだから、私達はキイチ国にいるの？」

「た、多分だけどな」

地図を指差しながら首を傾げるヒバリに、俺は頷いた。

さらにページをめくると、地域ごとの細かい……と言っても、道具屋で売ってる地図よりは雑な地図が掲載（けいさい）されている。

一長一短（いっちょういったん）という言葉があるように、様々な地図を必要に応じて使い分ければ良いさ。

ほら、力を持ったプレイヤーが国に肩入れすれば、国なんか簡単に増えたり減ったりしそうだし。

ヒタキがスクリーンショット？　とやらで全体図を撮り、俺達は地図帳をパタリと閉じた。

「面白かったけど、私達は冒険者だからね。根なし草っぽく、気の向くままに行動したいんだぁ～」

ニコニコ笑みを浮かべながら、ヒバリが重い地図帳を持ち上げて言う。

それには俺も同じ意見だ。双子や美紗ちゃんがゲームを楽しめればそれで構わないし、綿密（めんみつ）に計画を立てても、上手く行くとは限らないからな。

地図帳を元の場所に戻し、次はどうしようかと考える。

双子は他にも読みたい本があったらしく、俺に一言告げてから取りに行った。

俺はどうするか……錬金術の精製リストだって簡単な物は置いてあるけど、詳細は2階から上にしか無いみたいだし。

「リグ、メイ、何か読みたい本はあるか？」
「シュ？」(―w―;)
「めぇ？」(;・ェ・)
「ははっ、だよな。ごめん、無茶振りだな」

俺の無茶な問い掛けに、リグとメイは不思議そうな表情で首を傾げた。

俺は辺りを見渡し、目についた『国別　特産品の全て　～北はフェザーブランから南はアガリプトまで！～』という本を手に取り、長椅子に腰かける。

足元にメイの温もりを感じながら本を見ていると、双子が戻ってきて、俺の隣に座った。

どんな本を持って来たのか、横目で覗いてみる。

ヒバリは『童話　水龍と花乙女』と『解説！　美しき水魚の世界　～飼育した者が語る、新たな水魚の魅力～』。

ヒタキは『一撃必殺　これであなたもイチコロできる！　プロに学ぶ暗殺術　～ポロリもあるよ上巻～』。

　随分と個性に溢れていた。

「……さて、そろそろ行くか」

　天井の各所にある美しい飾り窓から茜色の光が射し込み、現在の時刻が夕方になったのだと知る。

　俺は長時間の読書で凝り固まった肩や腰を解すために軽く伸びをして、ほとんど読み終わった本を閉じた。

　話に聞いた通り、ミティラス国は植物が良く育つため特産品が多い。違う点もあるけど、地形と同じくほとんどが日本の特産品に対応していた。

　もちろん【ドレイクの半生ステーキ】など、ゲームならではの特産品もある。いつか大きな都市に行った際、是非ともそういう品を手に入れて料理を作ってみたい。

　双子も本を閉じ、本棚へ戻しに行った。夕方になったからか本を読んでいる者は少ない。

そろそろ閉館の時間かもしれないな。図書館を後にし、いつも通り噴水広場のベンチへ。

茜色に染まる図書館を眺めながらヒバリが問いかける。

「明日はクエストよりレベル上げしよっか？」

「ん、構わない。もしくは真っ暗の洞窟探検？」

「え、いやいやいやいやいや。あの洞窟は私達と相性悪いから駄目だって。誰かが見つけるまで記憶を封印してた方が良いよ！」


ヒタキが楽しそうな表情で答えると、ヒバリは慌てて首を振り否定した。少々大袈裟な感じもするが。

まぁ、地下や洞窟での出来事は若干ホラー要素があったからな。俺もあまり行きたくない。

今後、たまに呟いてヒバリの反応を見るくらいはしたいけど。

……基本、俺は人の嫌がることはしたくないんだ。本当だぞ？


「じゃあ、明日はレベル上げで決まりだな」

「う、うん！　明日はガンガン狩っちゃうぞぉ～」

(*・w・*)

「シュ～」

「めぇ！」


俺が話をまとめると、ヒバリが渡りに船と頷き、勢い良く拳を突き上げた。

ヒバリの元気な声に反応し、リグがフードからモゾモゾ顔を覗かせ、メイは可愛らしくピョンッとジャンプする。２匹がやる気に満ちているのは、良いことだと思う。


明日の予定が決まった俺達は足早に宿屋へ向かい、部屋を取った。

インベントリ内の料理は結構残っているし、次回ログイン時にでも生産するつもりだ。ちょっとした物を、ね。

ちなみに、宿屋にも制限があって、運が悪いと泊まれないことがあるらしい。ＮＰＣの家に泊まっても回復するみたいだから、それ目的で仲良くなる……は無しだな。絶対に良心が痛む。

20時くらいに寝て、まだちょっと薄暗い5時に起きた。

体感は数秒とはいえ、寝過ぎな気もする。

コンビニのように一日中営業している便利なギルドへ向かい、俺達はクエストボードを見ながら討伐する魔物を検討する。クエストは3つしか選べないから、結構不便だよな。

「……むー、エーチ周辺の魔物討伐ってやつで良いかもしれないね～。対象が広いし」

様々なクエスト用紙を見比べながらヒバリが唸る。奇遇だな、俺もそれが良いと思ってたんだ。

１枚のクエスト用紙を剥がし、受付へと持って行く。これはどんな魔物を倒してもＯＫで、報酬額はやや少なめの、１匹につき１６０Ｍだな。

朝早いこともあり門に並んでいる冒険者が数人しかおらず、すぐさま通ることができた。

街の外では、いつも通りヒタキがスキル【気配察知】を使い、魔物の種類と数、居場所を調べて知らせてくれる。

「あっちに野犬の群れ、数は10。行く？」

「よぉーし、行こう！」

「シュシュッ、シュ～！」

「めぇ！」

元気良くヒバリ、リグ、メイが反応する。

俺の腕に抱かれているリグは、身体を揺らしてご機嫌だ。

手を離したらぴょんぴょんジャンプするんじゃないか？　ハエトリグモはジャンピングスパイダーとも呼ばれているみたいだし、ありえない話じゃない。

案内されながら数分歩くと、野犬の群れを見付けた。だが数が3倍以上になっていて、真ん中には漆黒の毛並みと赤い目を持つ、大きい狼がいる。

まだ気付かれていないと言っても、相手は嗅覚や聴覚に優れている。脚力もありそうだし、発見されたらすぐに迫られるに違いない。


「増えてる……倒せないこともない。けど、多いから面倒。どうする？」


ヒタキがポツリと呟いた。無表情だが、心底面倒だ、という雰囲気を滲ませている。

倒せないこともないと聞いて、俺はヒバリの方を窺った。

すると満面の笑みに近い素敵な表情をしており、俺と目を合わせると、親指を立てたグッジョブポーズ。

うん。ヒバリならそうするだろうなって、お兄ちゃん思ってたよ。面倒だけど勝てるなら、経験値は欲しいもんな。

ヒバリによる鶴の一声ならぬ、鶴の一挙動で討伐することが決定した。

普通の野犬の群れなら無計画に突っ込んでも構わないが、今回は強そうな狼がいるので作戦が必要だ。ヒバリの指示に従ってしゃがみ込み、声を潜めて相談する。

「さすがに魔物の数が多いから、私は挑発して盾役に徹するね。そうだ、あの狼って確か、夜限定の魔物ブラックウルフ、だよね？　あれも引き受けるよ。ひぃちゃんはその間にできるだけ、他の野犬を倒して。リグとメイはツグ兄ぃを守りながら、協力して野犬の退治。ＯＫ？」

「ん、大丈夫」

「シュッ！」

「めぇ！」

「……そう言えば」

　皆が意気込んだ所で、俺が口を挟んだ。水を差しちゃいけないとは思うけど、使えそうなスキルがあるのを忘れていた。

　ゲームを始める前、興味本意でネット検索したじゃないか。それに、昨日も使った双子のシンクロ魔法もある。魔力タンクである俺がいるから、ＭＰも大丈夫。

　そのことを伝えると、ヒバリは目から鱗が落ちたように納得し、ヒタキからはよしよしと頭を撫でられた。なぜだ。

作戦とは呼べない力押しになるが、上手く行けば魔物を一気に倒せるだろう。真正面からぶつかって倒すのも戦闘の醍醐味だが、搦め手で倒してなにが悪い。

俺達は立ち上がり、ゆっくり魔物の群れへ近付いて行く。

ヒバリとヒタキはスキルを使うために手を繋ぎ、最終確認をした。

「まずは私達の【ブラッティレイ】と、メイの【怒涛の羊祭り】を1発ずつお見舞いして、あとはさっき言った作戦で」

「あぁ、メイのスキルはコストパフォーマンスが良いから連発できる。ある程度野犬倒すまで、やってもらうつもりだ。リグは俺を守ってくれたら嬉しい」

(`・ェ・´)「めっ！」

(`・w・´)「シュ！」

「ヌルゲー、ふふ」

俺はいつでも【MP譲渡】できるようメイと手を繋ぐ。リグとメイからは良い返事が戻ってきた。

ヒタキはどこかにツボがあったらしく、うっすらと可愛らしく笑う。

魔物の群れもこちらに気付いたようだ。ブラックウルフは身体を低く落とし、飛び掛かる隙を狙っている。野犬達もその後ろから迫りつつあった。

だが慌てず騒がず、しっかり引きつける。


「『シンクロ魔法、【ブラッティレイ】‼』」

（｀・ェ・´）

「めぇめぇーめ、めめめぇめぇー！」


双子の頭上に魔法陣が浮かび上がり、赤黒い光の刃が降り注ぐ。

続いてメイが叫ぶと、遥か彼方からとんでもない速度で、羊の魔物達が土煙と共に押し寄せた。

野犬の群れは蹂躙されるしかなく、悲痛な叫び声を上げながら１匹、また１匹と地面に倒れ消えて行く。

残ったブラックウルフも、ふらふらと覚束ない足取り。これなら簡単に倒せそうだ。

双子とメイは武器を取り出し、嬉々として戦いに挑んでいく。

それを見ながら、俺は腕に抱いたリグを撫で回していた。

◆
◆
◆

魔物を倒し続け、現在の時刻は正午。

見晴らしの良い場所で満腹度と給水度を回復しながら、ちょっと休憩。前にも言ったけど、身体疲労は無くても精神疲労は感じるため、気を付けなければ。

たらふく昼食を食べ終えると、俺達は立ち上がった。

味覚や嗅覚はリアルだが、空腹や満腹をR&Mの世界で感じることはない。ただ単に、HPとMPゲージの下に、満腹度と給水度が並ぶだけだ。

そこまで再現できなかったのか、わざと再現しなかったのか。俺には知る由もないけど。

さて、すぐにヒタキがスキルの【気配察知】で魔物を見付けてくれるから、時間いっぱいレベル上げができる。


「あれは……確かホップラビ？　ん？　違うか？」

(・w・?)

「シュ？」

(?・ェ・)

「めぇ？」

ヒタキが指差した先には、集団で仲良く草を食む兎の群れ。始まりの街アースで俺達に肉をたくさん提供してくれたホップラビかと思ったが、良く見れば違う魔物だった。

リグとメイが俺と一緒に首を傾げたので、ちょっとばかり癒された。

目の前にいる兎は、ホップラビより一回りか二回り大きい。額には角が生えており、種類が違うと分かる。

楽しそうに戦い始めたヒバリによると、魔物の名前はホーンラビットで、ホップラビより狂暴な魔物らしい。でもまだノンアクティブで、角はなにかの煎じ薬になるそうな。

兎の肉と兎の毛皮、ホーンラビットの角がアイテムドロップとして手に入る。


「うげぇ、マジでポーション美味しくないや」


ホーンラビットの群れを無事に倒し終わったヒバリは、なにを思ったのかインベントリからポーション（＋＋）を取り出し、一気に呷った。

元々ポーションは小瓶に入れてあるため、一口二口程度の量しかない。だからアップデートでひどい味になっても、苦情は大きくなかったようだ。

というか、ヒバリには回復魔法があるんだから、それで良いんじゃないのか？

青汁味の苦味に顔を歪めているヒバリに理由を聞けば、まだＭＰはあるけど一度で良いから試してみたかったらしい。そういうの、今じゃなくても良かったんじゃ……。


「どんまい、ヒバリちゃん。次、行く？」

「うん。この恨み(うら)は魔物を倒して晴らすべきだよね！」

(・w・´)「シュッ！」

(`・ェ・)「めっ！」

「……理不尽(りふじん)だ」

肩を落とすヒバリの背中を、優しく叩き慰める(なぐさ)ヒタキ。すぐヒバリは意識を切り替え拳を握った。

そんな彼女を見て、リグとメイもノリノリに……って、あれ？　前にもこんなことがあったような気がしないでもない。

まぁ、良いか。お兄ちゃん的にも、やる気があるのは良いと思うし。

ヒタキがスキルを使い魔物を探し、テンションの上がった1人と2匹が突っ込んでいく。

ヒタキは俺の護衛役を買って出て、隣に残ってくれた。

「ミィちゃん、またレベル離されたって、悔(くや)しがるかも。ちょっと優越(ゆうえつ)」

「……」

あぁ、確かに。そう思ってしまったのも仕方がない。

差が出るのは当然だが、美紗ちゃんは現実世界でも強いので、そこまで悔しがることは無い……いや、悔しがる姿が目に浮かぶわー。

と言っても、明日か明後日にはログインできるのだから、ヒタキが思うほど悔しがったりはしないはずだ。多分。

◆　◆　◆

時刻は飛んで夕方。

俺達は順調に魔物を討伐していたが、夜になると流石に危ないので切り上げた。

大量に強敵が湧き、捌ききれずボコボコにされて死に戻り、となるのが目に見えてるらしい。

街の中へ入るため、門の列に並びながら、俺はメイと繋いでいる手を握り直しつつ、ギルドカードを取り出す。

リグはいつも通りフードの中だ。

REAL&MAKE
リアル アンド メイク

【プレイヤー名】
ツグミ
【メイン職業／サブ】
錬金士Lv 32／テイマーLv 31
【HP】585
【MP】1108
【STR】103
【VIT】94
【DEX】171
【AGI】91
【INT】193
【WIS】174
【LUK】143
【スキル8／10】
錬金27／調合32／合成29／料理59／
テイム63／服飾34／戦わず22／MPアップ25
【控えスキル】
シンクロ（テ）／視覚共有（テ）／魔力譲渡／
神の加護（1）／ステ上昇／固有技・賢者の指先
【装備】
革の鞭／フード付ゴシック調コート／
冒険者の服（上下）／テイマーブーツ／
女王の飾り毛マフラー
【テイム2／2】
リグLv 51／メイLv 39
【クエスト達成数】
F22／E10

REAL&MAKE
リアル アンド メイク

REAL&MAKE
リアル アンド メイク

【プレイヤー名】
ヒバリ
【メイン職業／サブ】
見習い天使Lv３３／ファイターLv３４
【HP】１３９５
【MP】６８６
【STR】１８４
【VIT】２４７
【DEX】１５０
【AGI】１５４
【INT】１５１
【WIS】１３６
【LUK】１６４
【スキル７／１０】
剣術５９／盾術６４／光魔法４８／
HPアップ５０／VITアップ５９／挑発５１／
STRアップ２７
【控えスキル】
カウンター／シンクロ／ステータス変換／
重量増加／神の加護（１）／ステ上昇／
固有技リトル・サンクチュアリ
【装備】
鉄の剣／バックラー／
レースとフリルの着物ドレス／アイアンシューズ／
見習い天使の羽／レースとフリルのリボン

REAL&MAKE
リアル アンド メイク

REAL&MAKE
リアル アンド メイク

【プレイヤー名】
ヒタキ
【メイン職業／サブ】
見習い悪魔Lv３１／シーフLv３０
【HP】７９３
【MP】６９４
【STR】１４１
【VIT】１２０
【DEX】２１１
【AGI】１８８
【INT】１４７
【WIS】１４２
【LUK】１４５
【スキル７／１０】
短剣術５０／気配察知８８／忍び歩き２４／
闇魔法４６／DEXアップ４９／回避６１／
投擲２６
【控えスキル】
身軽／鎧通し／シンクロ／神の加護（１）／
木登り上達／ステ上昇／固有技リトル・バンケット
【装備】
鉄の短剣／竹串／レースとフリルの着物ドレス／
レザーシューズ／見習い悪魔の羽／
始まりの指輪／レースとフリルのリボン

REAL&MAKE
リアル アンド メイク

「結構レベル上がったね。これなら次の街に行っても苦戦しないかもぉ」

「ん、ダンジョン楽しみ。ダンジョン、上級くらいまで突破したい」

「え？　私、中級くらいかな？　って思ってたよ～」

「ツグ兄のテイム具合にもよる。遠距離、魔系、補助系欲しい」

「あ～確かに。バフ系は欲しいかもねぇ」

　ギルドカードを取り出す俺とは違い、双子はウィンドウを開いてステータスを見ていたようだ。

　彼女達の意識はもう次の街に行っている。

　ええと……初級、中級、上級、特級、魔王級のダンジョンがあるはずだから、その真ん中の攻略をしたいのか。

　俺のテイム具合？　バフ？

　双子の会話について行けなくなった俺は、それ以上聞き耳を立てるのを諦めた。

　あ、門番って女性もいるんだな。

　順番が回ってきたので、顔に大きな傷を持つ厳(いか)つい門番にギルドカードを渡して、すぐに通される。

　俺は門を潜りながらカードを消した。邪魔だからね。

武器や防具も壊れてないし、他の用事もないのでそのままギルドへ足を向けた。

歩きながら、メイの装備について話し合う。

攻撃力は申し分ないんだが、いつまでも大木槌だと耐久力の面で心許なかった。

ヒバリの鉄の剣は、かなり品質が低いのに今まで壊れていない。それを考えると、石や木と鉄の間には越えられない壁があるようだ。

だがもう時間が無いので、メイの武器新調は後回しだ。無駄遣いをしていないので、お財布は潤っている。次回ログインした時にでも新調しよう。

ギルドに着くと、俺達と同じように帰ってきた冒険者で賑わう受付に並び、順番を待つ。


【魔物の群れ討伐、F】

知恵の街エーチ周辺での魔物の討伐。指定無しなので割安になります。

報酬7万3440M。


おぉ、あの広範囲魔法と技のお陰だな。あれはMPの消費と同じくらい、強力だからなぁ。

報酬をもらう時、驚いてちょっと固まったのは内緒。なぜかって、魔物の落としたアイテムの総額が1万8360Mだったんだ。これでもっとお財布がホクホク。

俺達はいつも通り、噴水広場のベンチに座る。

戦闘をしてＨＰやＭＰも減ったから宿屋でも良かったんだけど、妹達が時間だからと、自発的にこっちを選んだ。明日のログイン時間をゲーム内の夜に合わせ、寝てから活動すれば良いとのこと。うんうん。

「お休み、リグ、メイ。また呼ぶからね」

「シュ！」(｀・ω・´)

「めぇ！」(｀・ェ・´)

一応ヒバリにリグとメイのＨＰを回復してもらい、それぞれの頭を撫でてから休眠状態にする。

そして、これまたいつも通りやり残したことは無いか尋ね、ウィンドウを開いてログアウトした。

◆　◆　◆

座っていたのにいつの間にか倒れてしまったようで、ソファーの端に置かれたドデカクッションに顔を埋めている自分がいた。

ゆっくり起き上がりヘッドセットを外した。ちなみにヘッドセットは軽いので、長時間装着していても負担にならない。

俺に少し遅れ、双子もヘッドセットを取り外す。その姿をぼんやり見ていると、不意に気付く。


「あ、そう言えば風呂入れるの忘れてた……」


パネルをピッってやっておけば、今頃沸き立てだったのに。お兄ちゃん、ちょっと不覚。

俺の分のヘッドセットの片付けを頼み、少し落ち込みながら立ち上がる。

お風呂の蛇口、ひねってくるか。

◆　◆　◆

時刻は暗闇に包まれる、一歩手前の夕方。

そろそろ妹達が部活から帰って来るだろうな……と、ぼんやりソファーの上で奥様向け番組を見ていた時だった。ピンポンと玄関のチャイムが鳴り響いた。

俺は立ち上がり、廊下への扉を開き、すたすたと玄関へ向かう。

「はい、どなたで……」

「来ちゃいました」


ガチャリ。

扉を開けば、そこにはパステルカラーのシフォンワンピースを上手に着こなし、手には大きめのバッグを持った美紗ちゃんが、微笑みながら立っていた。

いや、来ちゃいましたと言われても。困惑する俺に美紗ちゃんは説明する。

「このバッグの中には、ヘッドセットと着替えが入ってますの。母から許可は取りましたし、雲雀ちゃんと鶲ちゃんも、大丈夫だと言いましたわ。あとはつぐ兄様を籠絡するだけです。金曜日の夜、土曜日、日曜日と、皆と一緒にゲームさせていただきたいのです！　お願いいたしますわ、つぐ兄様！」

グイッと俺に詰め寄り、叫ぶ美紗ちゃん。さすが、ゲームの事に関しては誰にも譲れませんわ！　と豪語しているだけのことはある。気迫がすごい。

しかも、どんどん目が潤んでいく。その姿を見ていると、なぜだかこちらが悪いという気分になってきた。

うう～ん。早苗さんの許可があるなら、俺は構わないかな。ひしひしと込み上げる罪悪感を抑えながら、泣きそうになっている美紗ちゃんに頷く。

するとは表情は一変し、頬を赤らめ嬉しそうに笑う。そしてガバリと一礼。

「ありがとうございます！」

「早苗さんの許可があるなら良いよ。ったく、泣く程のことじゃないだろ」

「い、いいえ！　つぐ兄様、ゲーマーのわたしには一大事ですわ！　つぐ兄様には分からないと、理解しておりますけど……」

嬉しそうな美紗ちゃんの、触り心地が良い頭を俺が撫でると、彼女はプイッと横を向き、モゴモゴと小さく何かを言っていた。

年頃の女の子の頭をこんな風に撫でるのはマナー違反、か？

「まぁ、上がって待ってれば良いよ。ゲームは夕飯終わってからだけどね」

「はい。お邪魔します。大丈夫ですわ、今日もたくさん宿題が出ましたもの。時間潰しは任せてくださいまし」

気分を切り替え、玄関の扉を大きく開き美紗ちゃんを迎え入れた。ちゃんと鍵を閉めるよ。

双子が帰って来たら玄関のチャイムを鳴らすので、俺はまた玄関に向かうわけだ。

まぁ2人にはきちんと鍵を持たせてるから、俺がいなくても構わないけど。はは。

勝手知ったる他人の家なので、美紗ちゃんはリビングで宿題を広げる。

俺は飲み物を出すためにキッチンへ向かった。冷蔵庫の中には牛乳しかなく、そろそろ買い物しなくては……と心に留める。安売りはいつだったかな。

美紗ちゃんの宿題を邪魔しないよう、俺は淹れたての紅茶を啜る。さすがに牛乳は出せないので、久々にティーセットを用意した。

ゲームでも度々淹れていたからか、腕は鈍っていなかった。自画自賛になるけど、結構美味しい。

紅茶を飲んでいると、チャイムが鳴らずに玄関の扉が開く。

そしてバタバタと、慌てた様子の足音が廊下に響いた。間違いなく妹達だ。

風呂はタイマーで沸かしてあるから、いつものように直行して……。

「ただいまー！」

「ただいま、つぐ兄。いらっしゃい、美紗ちゃん」

元気良く飛び込んできた双子は、テンションあげあげな様子で美紗ちゃんに抱き付いた。

おぉおぉい、君達は部活終わってから直行で帰ってきたんだろ？　汗や汚れを気にしなくても良いのか？　そう思ったが、嬉しそうに笑い合う3人に、俺は言い出せなかった。

時間も時間だし、紅茶を飲み干し夕飯を作ろうとキッチンへ向かう。

しばらくして、自分達が汚れていることに気付いた双子は美紗ちゃんから離れ、そそくさと風呂場へ。

それを見送りながらそわそわする美紗ちゃん。俺は背中を押してやることにした。

「一緒に入ってくれば？　沸かしてあるし」

「はい！　不肖飯田美紗、お風呂で頑張って参りますわ！」

なにを頑張るのか良く分からないが、広げた宿題を片付け、小さなバッグを手に風呂場へ走って行く。

俺は笑顔で美紗ちゃんを見送ると、服の袖をまくり、夕飯作りに専念した。

今夜は手抜きの代表カレーライス、ポテトサラダで決まりだ！　明日の夕飯も2日目のカレーライスに決まった！

夕飯後。ゲームやりたい！　という空気を漂わせながら、３人は協力して宿題をこなす。

少し、いや、随分遅れつつも最後に雲雀が宿題を終わらせると、なぜか３人で万歳三唱を始めた。

苦笑しながら見ていると、彼女達はハッとして宿題を片付け、Ｒ＆Ｍをやるための準備に取り掛かる。

「はい、つぐ兄ぃ！」

「あぁ、分かったよ」

雲雀からヘッドセットを渡され、俺も苦笑しながら装着。ソファーに座り、彼女達が準備を終えるのを待った。

ちなみにヘッドセットの見分け方は、ヒヨコのシールが俺。犬のシールが雲雀、兎のシールが鶲。気付いたら、いつの間にか付けられていたんだ。

全員の準備が終わり、ヘッドセットのログインボタンを押す。

途端、慣れてきたゲームの世界へと誘われる感覚に襲われる。

意識が浮上するのを感じ、目を開けばそこは知恵の街エーチ。

噴水が癒しという名の水飛沫を撒き散らす様子を眺めながら、あぁそうだ……とウィンドウを開く。

リグとメイのステータス画面を見て、【活動】に丸を入れれば万事ＯＫ。

「フルメンバー、だな。今日も元気によろしくな、リグ、メイ」

(＊・w・＊)「シュッ」

(＊・ェ・＊)「めぇ～」

地面に幾何学模様と良く分からない文字で飾られた魔法陣が現れ、リグとメイが元気良く抱き付いてきた。

リグはすぐフードの中に入ってしまったので、メイを抱き留め、まずは柔らかな毛並みを堪能する。前回話していたとおり、武器を買い直したり、レベルをもう少し上げたいな。

「やっぱ、テイムって全ゲーマーの夢だよね〜。ツグ兄ぃ達を見てると、余計羨ましくなってきちゃうよぉ」

「ん、羨ましい。でも、ツグ兄みたいになついてもらうのは無理。リグとメイで我慢する。もふもふ」

「そうですわね。わたしは、精霊達と仲良くなってみたいですわ。女性の精霊はどの方もお美しい、と掲示板で噂になってますの」

　俺がメイと戯れていると、羨ましそうな表情を浮かべたヒバリ、ヒタキ、ミィが口々に言うので、俺はメイと顔を見合わせた。

「3人には、メイの武器選びに付き合って欲しいんだけど？　それと今日は金曜日だし、ゲーム時間で2日経ったらログアウトだぞ」

(*´ェ`*)

「めっ！」

「あ、う、うんっ！」

空気を変えるべく俺が釘を刺すと、その時間制限に焦ったらしいヒバリが慌てて頷いた。

まず向かうは武器屋。お金はあれど、できればお財布に優しい武器が良いな。性能で生死が分かれるのに、なに言ってんだと思われそうだけども。

迷子防止にも一役買うのでメイと手を繋ぐ。

時刻はいつもログインしている時間より遅く、朝8時過ぎだ。

ほとんどの店が開いており、俺達はゆっくりとした足取りで、正門から延びる大通りにある武器屋へ向かった。

ヒタキ情報で、そこが武器屋として一番の品揃えを誇っているらしい。

知恵の街エーチの武器屋は、水の街アクエリアにあった武器屋よりも広く上品な雰囲気で、商品棚がきちんと整頓されている。
知恵と言えば魔法使いだよね！　とヒバリの言う通り、魔法系の武器が多い。
俺はただのお財布係に徹するから、メイは遠慮せず好きな武器を選ぶと良いよ。
3人がメイのために武器を買いに来たのだと説明し、店主は驚くことなくすぐ大槌を並べていく。

俺では持ち上げることさえできない物が、カウンターに所狭しと並べられた。

にこやかな3人と店主に呼ばれ、メイはそわそわと俺を見上げた。

「あぁ、行っておいで。良い武器を選ぶんだよ」

「め！　め！」

(＊・ェ・)

上機嫌なメイを見送りながら、俺はモゾモゾと動くフードに手を添える。するとリグが飛び出し俺の手に乗ってきた。

大きさの割りには軽いので、非力な俺でも大丈夫……自分で言っててちょっと悲しくなった。自分にダメージを与えてどうする、俺。

しばらくリグと戯れながら待っていると、店主がどんどん槌を片付けていく。メイが数回上下に振り、しっくり来なかった物らしい。

そして最終的に残されたのが2つの大槌で、1つはヒバリ達が使っている剣と同じく、鉄だけを使った普通の大鉄槌。

もう1つは、ラ・エミエールでは希少金属の、黒金という金属が使われた大鉄槌だ。

黒金の大鉄槌は鉄の中にオスミウムという金属が入っており、破壊力は抜群に良いとのこと。黒金は特に硬いと言われる金属で、強度はオリハルコン並みらしい。

豆知識になるが、世界のどこかには黒金をドロップする黒金スライムがいるようだ。レアだな。

普通の大鉄槌は1万９８００Ｍ、黒金の大鉄槌はなんと25万Ｍもする。

希少金属はお値段も破壊力抜群だ。

ただし、そんな値段に似合うだけの性能はあり、どうやらＶＩＴ（体力）も上昇する模様。妹達は俺に一任するらしい。

【大鉄槌】
鉄で作られた大鉄槌。至って普通ではあるが、一般人には持ち上げられない。3等級。
【必要STR】70
【製作者】ルギ（NPC）

【黒金の大鉄槌】
希少金属、黒金で表面をコーティングした真っ黒い大鉄槌。鉄の中に重い金属オスミウムを入れ重さを数倍増したので、腕力に自信がある人でも持ち上げられない。レア度4。VIT＋15。
【必要STR】180

【製作者】黒曜（プレイヤー）

黒金の大鉄槌はプレイヤーが作ったのな。積極的にお金を貯めているわけでも無いし、武器をケチると後々泣きを見ることになる。なら買うしか無い。

にこやかな笑みを崩さない店主に買う旨を伝えると、心底喜ばれた。良い商品も買い手がつかなきゃ倉庫の肥やし、か。

メイはすごく喜び、放っておいたら小躍りしそうな雰囲気だ。

ヽ(＊´ｪ`＊)ノシ

「めっ！　めぇっ！　め！」

「すごいメイ喜んでる～。この大鉄槌、メイ以外なら私しか持てないのかぁ」

ヒバリはメイを見てほっこりしていたが、黒金の大鉄槌を突いて苦笑した。

俺も同じく苦笑していると、それまで静かにしていたヒタキが、ふと俺の服を引っ張る。

なんだ？　とヒタキを見ると、その指の間にはナイフが煌めいてた。

【スローイングナイフ】

鉄で作られたスローイングナイフ。投げて刺すことに特化させたため、普通のナイフと同様

に扱えばすぐ壊れてしまう。注意が必要。３等級。

【製作者】ルギ（NPC）

「ツグ兄、竹串は心許ない。スローイングナイフ買っても良い？　３本」

「皆のお金だから別に構わないけど、最初から狙ってたな？」

「ん、さすが」


ヒタキが持ってきた３本のスローイングナイフはＬ・Ｍ・Ｓサイズがあり、投げに適した形をしているように思えた。

うん、俺が持ってるお金は全員で稼いだものなんだし、欲しいなら構わない。

嬉しそうにヒタキがカウンターにスローイングナイフを置くと、今度はミィが俺の服を引っ張る。


「どうした、ミィ？」

「わ、わたしも欲しい物が見つかりましたの。ツグ兄様、よろしいです？」

「あぁ、もちろん。武器？」

「いえ、防具ですわ。ヒバリちゃんのように、アイアンシューズが欲しいのです。わたしの蹴りがもっと火を噴くはずですわ」

「なるほどね。ここでの買い物が終わったら行こうか」

もじもじと恥ずかしそうに訴えるミィに、俺は頷いた。

確かにミィはスキル【蹴術】を取っているので、普通の靴より数倍硬い、鉄の靴で蹴る方がダメージを与えられるだろう。思わずまたミィの頭を撫でて、店主に向き直る。

終始にこやかな店主に、合計26万4940Mだと告げられた。

ちなみにスローイングナイフの値段はLが6980M、Mが4980M、Sが2980Mである。

ヒタキが使っていた竹串の残りは少ないが、焼き鳥にでも使おうと思う。有限な資源だし、有効活用だ。

リグを抱え直し、値段が表示されたウィンドウで【はい】を押せばあら簡単。これで購入完了。

◆◆◆

使い込まれボロボロになった大木槌を引き取ってもらい、俺達は武器屋を後にした。

防具屋では7980Mのアイアンシューズを買っただけなので、割愛。

新しい装備品に上機嫌な2人と1匹の後ろを歩く、俺とヒバリ、リグ……は歩いてないか。

そう言えば宿屋に行くのを忘れていたので、そのことをミィに話した。

すると、「ＭＰが切れた時の練習が出来て良いじゃありませんか！」と逆にグッジョブポーズされ、本気でミィが女神に見えた。確かにポーション（＋＋）があるので、ＨＰ管理は結構楽だ。

太陽が出ている貴重な時間に宿屋で寝る、という事態をミィのお陰で回避できたので、レベル上げと同時に、装備に使ったお金を討伐で補うことにした。

ギルドへ向かい、クエストボードから昨日と同じクエスト用紙を剥がして受付に持っていくと、受付のギルド職員が『あ』と声を上げた。

『未精算のクエストがございましたね。あれから幽霊騒ぎは収まりましたので、無事クエスト達成となります。達成ランクはＤ、報酬は5万Ｍ。と、こちらが【第２類図書　魔術書の閲覧許可証】になります』

あぁそう言えば次回ログイン時、報酬付与って言われてたな。あれから『何でも知ってる君』はおいたをしなかったようで、俺達は無事にクエストが達成できた様子。

報酬金の支払いと共に、羊皮紙で作られた許可証を手渡された。スキルで簡単に覚えられるのに本を読んでどうするんだ、と言ったら、色々おしまいな気がする。

ただ、ゲームの中で暮らす人達の文化に触れるのは結構面白い。なにせＶＲＭＭＯだから、運営でさえ与り知らぬことも起きるはず。まぁ変な事態になれば、すぐ対応されるだろ。

「離されてしまったレベル、追い付けるかしら……」

受付を終えると、用意万全な状態の俺達は一直線に門へ向かった。

外に出る列に並んでいる途中、ぼんやりした表情でミィが小さく呟く。

それが耳に入った俺は、表情には出さなかったが心の中で少し同情した。レベルが10も離れていると、大変なのかもしれない。

ちなみに、さっき確認したミィのステータスは、こんな感じだ。

REAL&MAKE
リアル アンド メイク

【プレイヤー名】
ミィ
【メイン職業／サブ】
グラップラーLv２５／仔狼Lv２３
【HP】８６８
【MP】３４９
【STR】２０３
【VIT】１１３
【DEX】１０４
【AGI】１３９
【INT】８３
【WIS】８１
【LUK】１１３
【スキル１０／１０】
拳術４６／受け流し３１／ステップ４７／
チャージ４３／ラッシュ３８／STRアップ２９／
蹴術２７／HPアップ１／AGIアップ１／
WISアップ１
【控えスキル】
ステータス変換／咆哮（ほうこう）／身軽／神の加護（１）／
ステ上昇
【装備】
鉄の籠手（こて）／レースとフリルの着物ドレス／
アイアンシューズ／仔狼の耳・尻尾／
身かわしレースリボン

REAL&MAKE
リアル アンド メイク

いつも通りギルドカードを門番に見せて門を潜り、鋪装道路沿いをのんびり歩いて敵を探す。

しかしチラホラとプレイヤーが魔物を狩っていて、良さそうな場所が見付からなかった。

金曜日なのでプレイヤーの数も多いのだろうが、そろそろスキル【気配察知】の出番かも。

ヒタキが辺りを探ると、早々に狩場を見つけた様子。

新品のスローイングナイフをそっと抜き、微かな風切り音と共に鋪装道路の脇にある茂みへ投げた。途端、鼓膜を震わす悲痛な叫び声と共に魔物が姿を現す。

ヒタキのナイフの餌食となり、左腕を庇って出て来たゴブリンと、悲鳴に釣られて出て来たその仲間達だ。

あ、そうそう。さっき、「ナイフがなくなる心配をしなくて良いのか？」と聞いたら、武器や防具は戦っている時だけ例外になっているらしく、消滅することはないんだそうだ。

戦闘中しか適用されないので、さっさと拾わなければならないけどね。

「おぉ、茂みにゴブリンがいたんだね。ひーふーみー……8匹か、1人2匹目標ね！」

若干古めかしい数え方をしながら楽しそうにヒバリが剣を抜き、盾を構える。

　ヒタキも短剣を構え、頷く。

「今ので、こっちに来るゴブリン達もいる。目標多くなる……かも？」

「とりあえず、目の前の敵に集中いたしますわよ」


　ミィが拳を握り締めると、緩い雰囲気がガラリと様変わり。

　攻撃が当たると小さいけど衝撃を受けるって言うからな。できるだけ攻撃を食らわないよう気を付けて欲しい。

　一方、彼女達に当てられたのか、やる気満々で準備するリグとメイ。

　メイの新品の武器は、黒金のコーティングが太陽の光に反射して艶やかに煌めいていた。

　黒光りする主婦の天敵を思い出してしまったのは内緒。


（｀・ェ・）

「メメッ！」


　メイの掛け声で意識を戻せば戦闘がすでに始まっており、リグ自慢の蜘蛛の糸に絡まり身動きが取れなくなったゴブリンがいた。

　大木槌の時より多少緩慢な動きになってしまったが、メイはドスンッと腹に響く音を立てて、黒金の大鉄槌を降り下ろした。地面にゴブリンがめり込み、光の粒子に変換される。

「……パ、パワフル」

その破壊力に目を奪われ、思わず見たままの感想が俺の口から出た。

メイの持ち味でもある一撃必殺に磨きが掛かったようで、俺としてもなによりだ。阻害系が得意なリグと相性が良過ぎる。

妹達もゴブリンを倒し終わった様子だが、ヒタキの言が正しければ、間を置かずにおかわりが来るはず。

「ん、向こうから来る」

スローイングナイフを拾い上げたヒタキが指差す。

水の街アクエリア側に、目を凝らすと黒い点々が見えた。あれはゴブリンと野犬の群れで、ゴブリンが9匹、野犬が7匹らしい。

ゴブリンと野犬も互いに戦うんだろうけど、人間がいると途端に仲良くなるってどうよ。

魔物同士はフレンドリーファイア？　するので、上手く立ち回ればそれを誘発させられるとか。

まぁ俺には無理だな。うん。

おかわりも倒し終わり、俺達はいったん休憩中。

ポーション（＋＋）が売る程あると言っても、無茶な戦い方は出来る限り避けたい。楽しむためにゲームをやっているのであって、最強を目指したりはしてないのだから。気を付けないとな。

「あ、薬草みっけ」

ヒタキの【気配察知】も使わずのんびり歩いていると、脇道に青々と茂る草むらがあり、隠れるように生えている薬草を見付けた。

俺は思わずしゃがみ込み、薬草を毟ろうと茂みに手を伸ばす。全部摘めば結構な量になるだろう。

「ん？」

(・w・?)

「シュ？」

　手が触れるか触れないかの距離になって、薬草が大きく揺れた。

　俺はキョトンとして、俺の腕にしがみ付いていたリグも不思議そうに首を傾げる。

　嫌な予感がして手を引っ込めようとしたがすでに遅く、薬草は一瞬にして蔓（つる）のような植物に変わり、俺の手首にガッチリと巻き付いた。


「げっ⁉」

(・w・;)

「シュッ！」

「ちょ、ツグ兄ぃ！」

　リグがオロオロした声を上げると、ヒバリがすぐに剣を抜き、絡み付く蔓を断（た）ち切ってくれた。

　俺は大きく安堵の息をつく。

　痛みは無いが、手首を擦（こす）りながら立ち上がり、助けてくれたヒバリに礼を言った。

「あ、ありがとうヒバリ。助かった」

「お礼は要らないよ、ツグ兄ぃ。無事ならね」

　ヒバリは首を振り、無事で良かったと笑みを浮かべた。

　焦っていたリグもようやく落ち着きを取り戻し、メイと同じく甘えた様子で頭を擦り付けてくる。もしかしたら臭い付けだろうか？　はは。

「あれは擬態する魔物。気を抜き過ぎた……反省」

「反省は後でもできましてよ。来ますわ！」

（｀・ェ・´）

「めめ！」

　ヒタキが【気配察知】を使っていなかったことに落ち込み、ミィが活を入れる。

　憤慨した様子のメイは地団駄を踏みながら、黒金の大鉄槌を持ち上げると、一度は引っ込んだ蔓が茂みから這い出してきた。少し遅れ、本体であろう大きな草の魔物が目の前に姿を現す。

　やる気、と言うより殺る気に満ち溢れる双子達が手こずることなんて無いだろうけど、一言で言うなら草の魔物がちょっと可哀想だった。

伸ばした蔓はすぐヒバリに叩き斬られ、本体が近付けばヒタキのスローイングナイフ、メイの大鉄槌でとどめを刺される。

こちらの被害は、先ほど俺がＨＰ34減らしただけで、皆は無傷。

ちなみにこの魔物はリーフレットと言い、どうやら食虫植物をモチーフにしているようだ。

普段は擬態し、近寄ってきた獲物を蔓で絡め取りパクリと食べる。【消化良好】というスキル持ちのようで、餌(えさ)はなんでも良いらしい。俺1人なら食べられていた……かも。

ヒタキはスキルを発動させ、周囲を調べている。その間に、ミィが腰に手を当てて俺を見上げてきた。

「ツグ兄様、注意しなかったわたし達も悪いですが、魔物も多様化(たようか)してきましたし、一言告げてから草毟(くさむし)りしてくださいましね？」

「あ、あぁ。さすがに、引き摺(ず)り込まれるのは勘弁してもらいたいな」

「えぇ、気を付けてくださいませ。ツグ兄様はわたし達の要(かなめ)なのですから」

それはまるで小さい子に言い含めるような言い方だったので、俺は苦笑をしつつ頷いた。

それに満足したように、ミィはリグとメイの頭を撫でてからヒバリの元へ帰る。

辺りをキョロキョロ見渡していたヒタキが納得したように頷き、持っていた短剣を腰に収めた。


「ん、近くにはいない」

「え？　には？　には？」

「ふふ、には」


ヒバリが首を傾げて問い掛けるも、ヒタキは曖昧に笑って誤魔化す。

多分どうでも良いんだろう。はは、ヒタキは時々面倒臭がるからな。


「まぁ良いや。今日は……ってか、今日もまったり狩りまくるぞぉー」


切り替えの早さに定評のあるヒバリが、のんびりした口調で拳を空に掲げた。

今日やることは、レベル上げ、生産、おつかいクエスト……あれ。俺達のやることって、ちょっと代わり映えしないかも。

このあと昼頃まで魔物を探して戦い、ヒタキの【気配察知】で魔物と冒険者達がいない開けた場所を見付け、満腹度と給水度を満たそうとそこに座る。

そしてウィンドウを開き、インベントリ欄をタッチした瞬間、予想外のことが露見した。

「あ……料理が少ない。質素になるかもしれないけど、我慢してくれ」

ここ最近で、お手製の料理をかなり消費したのは分かっていたが、ここまで少ないとは思わなかった。目測を誤った。

皆に料理を配りながら決意を新たにする――魔物退治が終わって帰ったら、たくさん料理を生産しなければ！

いつもよりやや質素な食事を終え、俺達は再び立ち上がった。

俺が料理を作れるから質素に見えただけで、今のでも十分普通の量らしいけどな。ミィが言うには。

前方に地平線が見える広い平原、後方には少し小さくなった知恵の街エーチ。

豊かな森も見えるが、俺達はこのまま平原で魔物退治を続けることに決定。

ヒタキの【気配察知】があるとしても、基本的に安全圏で戦いたい。どうしてもレベルを上げなくちゃいけなくなったら、広範囲攻撃でやっちゃうけど。そこは臨機応変に。

「サクサクッと午後からも頑張ろうねぇ〜！」

「ん、頑張る」

「えぇ、早くヒバリちゃん達とレベルを合わせたいですもの。頑張りますわ」


やる気満々な3人を見ていると、なぜだかとても微笑ましい気持ちになる。

早速魔物を求め歩き出す彼女達の後ろを、置いていかれないようついていく。

夕方までずっと同じような狩りが続いたので、端折らせてもらう。

一言だけ言うなら、PT連係の訓練もした。つまり、俺は後方でポーション投げ係だ。

◆　◆　◆

時刻は夕方5時過ぎ。

茜色に染まる街並みが美しく幻想的で、初めて見るミィが感嘆の息をつく。

俺達は無事エーチへと戻り、ギルドでクエストの精算を済ます。

まだまだ朝の出費の方が圧倒的に多く赤字だ。当たり前だけど。

ギルドを出たその足で、ＮＰＣの露店に行き食材を選ぶ俺。

大した考えもなく食材を適当に選んでいると、興味津々な表情のミィが、俺の手元にある買い物ウィンドウを覗き込みながら問い掛けてくる。

「ツグ兄様、今回の料理はなにを作りますの？」

この間豆腐(とうふ)を売っていた屋台があったので豆腐を買い、ミィの問いに答える。

「たくさんある肉で焼き鳥っぽい物と、豆腐でチーズ焼き。椎茸(しいたけ)の肉詰め、おやつはチュロスもどき……かな。あとは適当にパンを焼いて、主食にしようか」

「そ、想像するだけでお腹(なか)が空(す)きますわ。楽しみにしております、ツグ兄様！」

「あぁ」

即席で献立(こんだて)をひねり出すと、思わずと言った感じでお腹を押さえるミィ。

ミィの後ろにいたヒバリとヒタキに目を向ければ、２人も同じ意見なのか、ブンブン上下に首を振っていた。首痛めるぞ。

お腹を減らした妹達のためにも、腕によりをかけて早く作ろう。

そうと決めれば買い物を早めに済ませ、3人と2匹を連れて個室の作業場を借りる。

早速スライムスターチなどをインベントリから取り出し、妹達に手伝ってもらいパン作り。スキルで時間を短縮できても、一番手が掛かるからね。

パン作りの間、焼き鳥っぽい物と豆腐のチーズ焼き、椎茸の肉詰め、チュロスもどきの食材を出す。

順番は焼き鳥、椎茸、チュロス、豆腐で良いか。

作業台から必要な器具を取り出し、気合いを入れる。3人と2匹は早々に出番が無くなったので、いつも通り丸いテーブルを囲んで、楽しくおしゃべりを始めたよ。

まずは醤油、砂糖、みりん、水、スライムスターチを混ぜ合わせて、焼き鳥のタレを作っておく。

まだ大量に残っている兎と鶏の肉を一口大に切り、野菜セットから白ネギを取り出し、2～3センチくらいの長さに切る。

フライパンを熱して油を入れ、切った兎と鶏の肉、白ネギを入れ蓋をして、しばらく焼く。

良い焼き色がついたら、兎と鶏の肉と白ねぎの上下をひっくり返し、今度は蓋をせずに焼く。

フライパンに溜まった油分と水分を、包装紙を三角に折り込んだ簡易キッチンペーパーで拭き取る。

最初に作った焼き鳥のタレを加えて混ぜ、タレにとろみが出てきたら火を止めて適当な皿をインベントリから取り出し入れる。

香ばしい醤油の焼けた匂いに、炊きたてご飯が欲しくなった。


【兎と鶏、白ネギのあつあつ醤油タレ焼き鳥風】

贅沢に醤油を使った一品。香ばしい匂いに食欲が増進され、涎が止まらない。レア度5。満腹度+25%。


次は兎肉と鶏肉をひき肉にする魔具にかけ、他のことに使うつもりで、大量に合挽き肉を作る。

木のボウルに合挽き肉、野菜セットの長ネギと生姜のみじん切り、醤油、酒、スライムスターチ、砂糖、塩、胡椒で作った調味料を入れ、手でしっかり混ぜ合わせる。

石突きを切った生椎茸に混ぜ合わせた合挽き肉を詰め、表面にスライムスターチをまぶす。

あぁ、俺は軸を取らなかったけど、軸をみじん切りにして、肉の中に入れるって言うのもありだと思うぞ。

フライパンに肉が下になるように並べて蓋をし、中火にかける。

肉に焦げ目がついたら醤油を少し垂らしてひっくり返し、1分くらい加熱して出来上がり。

新しい皿を用意し、それに詰め込んでインベントリへ入れておく。

【椎茸の肉詰め】
贅沢に醤油を使った一品。最後に垂らした醤油が焦げ、味、匂いともに楽しめるようになっている。レア度4。満腹度＋8％。

さて、次はチュロスもどき。鍋を作業台から取り出しバター、牛乳、塩を入れて中火にかけて沸騰させる。沸騰したら火から下してスライムスターチを加え、手早く混ぜる。混ぜ終えたら溶き卵を半分加え、木べらで良く練り混ぜる。馴染んだら残りの卵も加え、固めのクリーム状になるまで混ぜる。

絞り袋なんて物はないので、包装紙を折り込んで作ってみたら、棒のような生地を絞り落とすことが出来た。

チュロスもどきじゃなくて、かりんとうもどきかもしれない。まぁ良いや。

鍋に油を入れ１６０～１７０度に熱し、生地を絞りながら入れていく。生地は約20センチずつ、菜箸で切り離す。

生地がきつね色に色付いたらひっくり返し、反対側もきつね色に揚げる。揚がったら包装紙に載せて充分に油をきる。というか、包装紙は汎用性がありすぎだと思う。油が切れたら熱いうちに砂糖を好きなだけまぶし、完成。

これも包装紙に包み、インベントリへ突っ込んでおく。


【熱々チュロスもどき】

製作者の涙ぐましい頑張りにより、チュロスに似た美味なる物が出来上がった。決してチュロスじゃなくてかりんとう、などと言ってはいけない。レア度4。満腹度＋7%。


西洋釜が温まってきたので、ヒバリ達に指示を出してパンを焼いてもらう。こねるだけ、置くだけの単純作業なら、料理のできない彼女達でも大丈夫。

ただ、気を抜いて他のことをやらせたら、すさまじい物が出来上がった。


【暗黒物質（笑）】

古より伝わりしゴミ。生産物の成れの果て。レア度0。

【製作者】ヒバリ（プレイヤー）

これは酷い。妹達の生産能力も分かった所で、最後の料理に取り掛かろう。

長ネギをみじん切りにし、チーズ以外の材料とは言っても、豆腐と醤油を木のボウルに入れて混ぜる。混ぜ終えた物を耐熱容器に移し、チーズを載せ、パンの入っている釜に入れてこんがり焼けば出来上がりだ。

【熱々チーズ豆腐】
ヘルシーのようで、高カロリーな一品。熱々で美味なので、気にしたら負け。レア度４。満腹度＋32％。

まだ以前に作った料理が少し残っているので、これらは全てインベントリ行き。なんちゃってチュロスもどきはたくさん作ったから、食後に出しても良いか。

減った満腹度と給水度を以前の料理で満たし、ちょうど残り時間も迫ってきたので、忘れ物がないか確認し、作業場を後にする。

暗黒物質（笑）でひと悶着と言うか、ちょっと騒いじゃったからな。時間に余裕を持って借りていたのだが、最後は慌ただしかった。

夜にログインしてまず寝る、という予定を忘れてＭＰがスッカラカンな俺達は、今度こそ宿屋へ向かう。

無事4人部屋を借りれ、俺は頭にリグを載せ、膝にメイを抱っこしてベッドに座った。

寝るには少し早い気もするが、なにをするにもMPが心許ないから。妹達に一応明日の予定を聞き、俺はベッドへ潜り込む。


「なぁ、明日の予定は？」

「予定としては、明日もレベル上げかな～？」

「ん、それが妥当」

「遠方には行けませんし、わたしも弱いですもの。今日と代わり映えしませんが、それも明日までの辛抱ですわ」

「了解」

ちなみにミィが一番魔物を倒していたので、弱いわけないぞ。

【ボ、ボクは悪い】LATOLI【ロリコンじゃないよ！】part3

（主）=ギルマス
（副）=サブマス
（同）=同盟ギルド
・
・
・

637:ましゅ麿
めんご、話し変わる。
友人が隣の国に一番乗りしようとしたけど、国境付近で滅茶強いレイドボスに瞬殺されてた。国境に近付く人は気を付けてー。
（5分くらい経ち）

638:かなみん（副）
>>637掲示板&スクショ見てきた。あれは酷い。勝てる見込み無し！　勝てたら英雄だね、ありゃ。

639:焼きそば
>>637あれは酷い。
多分レイドPT組んで倒す系だね。でも違うPTは出会わなかったみたいだし、低確率エンカっぽい。出会わないように祈ろうか。

書き込む　全部　<前100　次100>　最新50

640:かるぴ酢

>>637嫌な、事件だったね。あれは酷い。攻撃かすっただけで8割HP消し飛ぶとかマジ無理ゲー。出会ったら諦めるわ。

641:氷結娘

>>637自分は下にあったケモナーさんスレを見てしまった。てへ☆

642:こずみっくZ

>>637同盟の人達とか呼んで狩れたら楽しいだろうなぁ。ロリコンギルドが世に広まるけどwwww

643:プルプルンゼンゼンマン（主）

>>640うわぁ。俺、HP8000↑あるけど盾になれる自信ないなぁ。レイド討伐推奨、多分レベル500以上だろー。あっても負けるかも知れんが。

644:神鳴り（同）

>>641ロリコンでケモナーとか。歪みねぇww

645:魔法少女♂

>>641ケモナーなら仕方ないよwwww

書き込む　全部　<前100　次100>　最新50

646:餃子

>>641同志！

647:フラジール（同）

呼ばれた気がして！

648:芋煮会会長（同）

呼ばれた気がして！

649:NINJA（副）

呼ばれてない気がして！

・

・

・

703:棒々鶏（副）

ロリっ娘ちゃん達、図書館地下行ったけど大丈夫か？　確か、幽霊クエ出てたよな？　怨めしいやつ。

704:餃子

うぉっ、幽霊クエスト行くのか。ロリっ娘ちゃん達を追い掛けたくても、出会い頭とか不審者になる自信しかないんだよなー。

書き込む　全部　<前100　次100>　最新50

705:sora豆

>>701俺のオカンの悪口はやめれ(´□`；)

706:白桃

>>702ワシが育てた

良い子に育てました。顔写真付きの作物的な。農薬は使ってないんだよ的な。

707:ちゅーりっぷ

>>703ヒント、ロリ双子ちゃん天使の方。

708:もけけぴろぴろ

>>703双子ちゃんの片割れが小天使だから、ここら辺りの死霊系魔物は大丈夫だと思う。多分。あぁでも、ステータスアップする夜限定の魔物は無理かも。

709:わだつみ

>>703小天使の適性魔法属性は光→レベル32で死霊系に効果抜群の光矢習得→アプデで固有技リトル・サンクチュアリ→結論、めっちゃ眩(まぶ)しい。おk？

書き込む　全部　<前100　次100>　最新50

710:さろんぱ巣

>>704お前は俺か！

711:黄泉の申し子

>>704同志がおるw

712:コンパス

>>704なんだ、ただのドッペルゲンガーか。

713:氷結娘

>>705お前の母ちゃん禍津神（まがつかみ）なの!?　www

714:パルスィ（同）

あの幽霊クエ、自分のPTも調べたけどポルターガイストだけでなんにも起こんなかったわ。フラグが踏めなかったんだと思われ。
>>705詳細希望ww

715:プルプルンゼンゼンマン（主）

とりあえず、俺は何かあった時の為（ため）に図書館待機！　世界地図でも見とく。世界樹見に行きたいなぁー。

書き込む　全部　<前100　次100>　最新50

716:NINJA（副）

>>706お前に育てられた覚えはないでござる。ガッデムでござる。

717:棒々鶏（副）

>>707-709

レスあざっす。天使ちゃんの可愛らしさから死霊も昇天する。ついでにロリコンな俺らも召されるww

718:甘党

>>715俺もー。

719:密林三昧

俺も図書館待機する。『童話　異世界の庭師と剣の姫様』ってやつ読む。異世界召喚系の絵本www

720:kanan（同）

>>715世界地図も良いけど『世界の美人魔物画』ってのもおすすめ。特に妖精、精霊、夢魔系に力を入れてる。ウケたww

721:かなみん（副）

>>717召されんなw還って来なさい早急にww

書き込む　全部　<前100　次100>　最新50

722:黒うさ

>>709眩しい？　？　？　なにが？　頭？　頭が？

・

・

・

777:もけけぴろぴろ

ん？　え？　ちょ、ええ??

お兄さん達、地下じゃなくて門から帰って来た。

778:芋煮会会長（同）

あんら～？　良く分からないことが多いわね。

779:夢野かなで

>>763甘党さんって、辛党だったんだwwwなぜその名前にしたしw

780:フラジール（同）

流れとしては、図書館地下→いつの間にか門から帰還→ギルド→ログ解析の水晶に手を乗せるお兄さん→再び図書館。怪奇。

781:魔法少女♂

お、ロリっ娘ちゃん達も世界地図見てる。お兄さんは筋力が足りな

書き込む　全部　<前100　次100>　最新50

い模様。お姫様お兄さん萌え。お兄さんはボクが守るよ☆☆

782:コンパス

>>777たまたま俺らが見てなかったんじゃね？　それか、幽霊騒ぎの張本人に飛ばされたとか？　ww

783:iyokan

羊魔物もふもふで良いな。蜘蛛たんも可愛いし。あれ？　俺、蜘蛛苦手だったはずなのに！　克服したwww

784:甘党

>>779てへっ☆

785:中井

ちょ、小悪魔ちゃん『一撃必殺　これであなたもイチコロできる！プロに学ぶ暗殺術～ポロリもあるよ上巻～』読んでるwwww

786:つだち

>>781同感！

787:かなみん（副）

>>781同志！

書き込む　全部　<前100　次100>　最新50

788:プルプルンゼンゼンマン（主）
>>781典型的な非力ヒロイン、騎士に守られるお姫様お兄さん萌え。ロリコンの我等ですら魅了するとは、小悪魔どころの話じゃない気がする。

789:空から餡子
>>783おめww

790:ナズナ
>>783良かったね！

791:kanan（同）
>>785wwwwww

792:神鳴り（同）
>>785え？　（二度見）

793:白桃
小天使ちゃんは【童話　水龍と花乙女】読んでたよ。ちなみに、神と同一視される龍が一緒に長い時間を生きる人間を見つける童話。女の子におすすめ。ほっこりすると思う。

書き込む　全部　<前100　次100>　最新50

794:密林三昧

>>785小悪魔ちゃんって、ガチでアサシンを目指してるのかな？（白目）

795:棒々鶏（副）

>>785可愛ければ物騒な本でも許されるのだ。ロリ法律ならな！

796:ヨモギ餅（同）

俺は『住めば都の迷宮ダンジョン！』かな。身一つでダンジョンに放り込まれた男が、ご都合主義と楽観視で頑張る。スライム萌えになること間違いなしだ。

797:ましゅ麿

『貧乏貴族娘のダンジョン経営』とかはー？

・

・

・

901:氷結娘

も、もふもふは偉大だったんだ……げふっ（吐血）

902:棒々鶏（副）

図書館のおすすめ本、あとで読んでみる。こんなに熱心に推された

書き込む　全部　<前100　次100>　最新50

ら、本の虫として読まざるを得ないw

903:魔法少女♂

友人が使ってたから見慣れてるつもりでも、広範囲魔法は結構壮観だなぁ。

904:こずみっくZ

>>901どうしたww

905:ちゅーりっぷ

もふもふは偉大だ。巻き込まれたい。もふもふもふもふもふもふもふもふ（悦）

906:わだつみ

>>901大丈夫か？　w

907:もけけぴろぴろ

>>901分からんが、もふもふなら仕方ない。

908:プルプルンゼンゼンマン（主）

>>901もふもふは正義だからな、仕方ない。

書き込む　全 部　<前100　次100>　最新50

909:焼きそば

>>903広範囲魔法はロマン。魔法少女♂さんw

910:NINJA（副）

羊魔物の技に【怒涛の羊祭り】があるでござるからな。もふもふパラダイスになるのは不可避でござる。

911:つだち

もふもふパラダイスの先にある、双子ちゃん達の広範囲魔法。自分は物理のみだからちょっと羨ましー。

912:かなみん（副）

>>905巻き込まれたらダメ食らうよwwww
正気に戻って～っwww

書き込む　全部　<前100　次100>　最新50

会話は続く……。

◆　◆　◆

起きたら、外は土砂降りの雨。たまたまいつも晴れの時にログインしてるんだろうけど、結構珍しいと思う。寝る前までは雲一つ無い星空だったし。

双子が窓辺に陣取り空を見上げ、ミィは頬を膨らませ、傍目から見れば可愛らしい膨れっ面をしている。

「仕方ないのは分かっておりますわ、ええ。ですが、やる気を削ぐかのような雨に怒り心頭です」

「はは、そうだね」

俺は頷きながら、頭を撫でてあげることしかできない。それ程怒っていなかったのか、機嫌はすぐに直り、ミィはゆっくり立ち上がる。

その表情は良いことを思い付いた！　と言わんばかりに輝いており、パンッと両手を合わせた。

双子もそんなミィに視線を向ける。

「雨の魔物退治は危ないですわ。今日は中止にして、図書館で本を読みません？　許可証なる物を折角手に入れたのですから、使わなくてはもったいないです」

「あ～確かに！」

「ん、良いかも」

ミィの提案にヒバリが納得したような声を上げ、ヒタキがコクコクと頷く。

リアリティの設定を低くしてあるから、俺達自身に雨はあまり関係無いけど、魔物退治に行くのなら色々と制約が掛かる。

視界不良や消臭、水属性アップに火属性ダウン……あれ？　やっぱり俺達には全然関係ないような気がしてきた。

ただ、毎日ゲームができる双子とは違うので、ミィの意見はなるべく採用してあげたい。

「……んじゃ、図書館行くか。リグ、メイ起きて」

嬉しそうなミィを見て、双子が俺にグッジョブポーズ。俺は目で返事をして、いまだに寝ているペットを起こそうと話し掛けた。

　すると2匹は、元気良く跳ね起きて突進してきた。いつも思うけど、本当に寝起きが良い。犬は常に周りを警戒しているから眠りが浅いと聞くが、もしかしたらリグとメイも、そうなのかもしれない。

　思い立ったらすぐ行動。宿屋にいられる時間も決まっていることだし、俺達は忘れ物が無いか確認して退室する。

　外は相変わらず土砂降りで、いつもは絶え間なく行き交うＮＰＣも姿が見えず、プレイヤーだけが歩いている。


「細かいことは気にしないから良いけど、私達みたいに土砂降りの中を濡れずに歩くプレイヤーって、ＮＰＣから見たら怪しいよね～」

「あら、そうですの？　魔法がある世界なのですから、普通ではなくて？」

「ん、生活魔法と水魔法に色々ある。身体の水分吹き飛ばしたり、水そのものの影響をなくしたり」

「あ、そっか！」

　テイマーである俺のゲーム設定がそのまま影響しているのか、リグやメイも濡れないことに今さら気付いた。

濡れても気にしないメイとは違い、リグは濡れることを嫌う。なので濡れないと知って上機嫌なリグが、鼻唄を歌っておりとても可愛らしい。

妹達3人の良く分からない話とリグの鼻唄を聞きながら、俺はメイと繋いでいる手を握り直した。

◆　◆　◆

数分後、俺達は無事に図書館へとたどり着く。

土砂降りのせいで閑散としており、非常にまったりした雰囲気を醸し出している。

2階へ上がる階段には、この前と同じく武装した厳つい警備のお兄さん達。

とりあえず「ちょっと手を離すね」とメイに告げ、インベントリから【第2類図書　魔術書の閲覧許可証】を取り出す。

この前のクエストみたいに見せれば通してもらえそうだけど、司書さんに聞いてみようか。ちょうどあの時の司書さんだし。

「おはようございます」

『あ、おはようございます。あの節はありがとうございました。幽霊騒ぎはピタッと治まり、この前は館員全員で大掃除を……じゃなくて、なにかご用ですか？』

あの時対応してくれた司書さんに話し掛けると、冷ややかな美貌の彼女が笑顔になり、嬉しそうに頭を下げた。

俺はホッと胸を撫で下ろす。あの球体がまた悪さをしないか、ちょっと心配していたからね。

「良かった。で、２階へ行くにはこの【第２類図書　魔術書の閲覧許可証】を出せば良いですか？」

俺の問い掛けに司書さんは笑顔で頷く。どうやらクエストの時みたく、警備のお兄さんに許可証を見せれば通してくれるようだ。

警備がザルにも思えるが、本に何かあれば自動で牢屋に転移するから、どう足掻いても逮捕されるそう。これは、前に聞いたスキル屋の防犯対策と同じ原理だと思われる。

丁寧に対応してくれた司書さんにお礼を言い、俺達は階段へ向かう。

一言で言うならば、警備の厳ついお兄さん方はとっても優しかった。

2階は1階より本の数が多く、窓際(まどぎわ)に椅子とテーブルが置かれている。許可証が必要だからか、1階以上に人がいない。

「なんか、静かにしてなきゃ駄目って感じだね～」

「人、いないけどね」

気後れしたヒバリがヒソヒソ声でヒタキに話し掛け、小さく笑われている。俺達は出入り口近くのテーブルと椅子に陣取り、いったん解散して好きな本を探すことに。

あまり本に興味のない俺は、椅子が高くて座れないメイを持ち上げ座らせた。

すぐ手の届く距離に本棚があるし、後でいくつか読んでみようと思う。

ミィがたくさん並んでいる本棚を眺めながら、ぼんやりと呟く。

「わたしは、種族的に魔術書を読んでも意味がありませんが、面白そうですわ」

「種族？　あぁぇえと、確か仔狼だったよね？」

「はい。物理攻撃が強い分魔法はダメなのですが、読むのは大丈夫です。では、探して参ります」

種族であり、職業でもある15歳以下の限定職……そのことを覚えていた自分を褒めたい。ミィの攻撃力はメイと同じくらいだと思うよ。少し劣っているかもしれないけど、手数が多いからその分を補えてるし。

自分が覚えられる属性の魔術書を読めば、ヒバリの光魔法、ヒタキの闇魔法みたいに習得できるらしい。

上機嫌で本棚へ向かうミィを見送り、俺は手近にあった『4人の魔女見習いと天にそびえる柱の塔』という本を手に取った。


リグとメイを伴い、適当な本で暇を潰していると妹達が帰ってきた。双子の手には一冊ずつ魔術書が握られており、ミィは魔術書と普通に読む本を数冊抱えている。

彼女達は言葉を交わす事なく、座って本を広げると黙々と読み出した。


「私、ヒバリちゃん、これで新しい魔法覚える。今日しかない。スキル買わなくて良いし、ガチ読み」

「あ、なるほど」

俺が余程ポカンとした表情をしていたのだろう。本から視線を外さずに、ヒタキが説明してくれた。確かに、ステータスが上がるスキルは安かったが、魔法のスキルは高かった気がする。

それを思い出した俺は、思わず数回頷いた。

ヒバリの見習い天使と相性の良い魔法は光、水、風。今回は攻撃も回復もできる、水の魔術書を選んだ様子。

ヒタキの見習い悪魔と相性の良い魔法は闇、火、土。攻撃力に若干の不安要素があるので、攻撃力上昇の魔法を覚えられる火の魔術書だった。

「ツ、ツグ兄ぃ、難しいからちょっと読んでくれる？」

「えー、太古(たいこ)より静寂(せいじゃく)を司(つかさど)る女神イデアは、水の女神ティウルアと親交があった。しかし、袂(たもと)を分(わ)かつ出来事が雪の32年に……」

中学1年生の妹、それも頭より身体を動かす方が得意なヒバリには少し難しかったか。

魔法は覚えたいけど、難しい漢字がたくさん使われていて、俺でも読みにくい部分がチラホラと。

根を上げたヒバリの横では、眉に皺(しわ)を寄せながらヒタキが頑張っている。

イデアは、ティウルア以外にも8股を掛けており、総勢10名の女神にフルボッコされて決着が……って、話は置いておこうそうしよう。

俺も適性があったら覚えるんじゃないのか？　という程度に読み聞かせれば、ヒバリは無事水魔法を習得できた。

「あ、もう、お昼過ぎ」

土砂降りの外を見ながら、ヒタキがぽつりと呟いた。

昼を過ぎたと言っても、分厚い雨雲のせいで夕暮れのように薄暗い。新しい魔術書を読むには時間が足りないし、切り上げてしまうには早すぎる。

もたれ掛かるようにして寝入るメイの頭を撫で、先程手に取った童話を数ページめくる。

やはり、本を読んで時間を潰すしか無いだろう。それが分かっているように、妹達も新たな本を持ってきて読み始めた。

「本は楽しいのですが、魔物を倒せないなんて欲求不満になりますわ」

パタンッと読み終えた本を閉じ、ミィが溜め息をつく。

雨の日だから仕方ないとしても、アンニュイな様子。いささか物騒なことを口走ると、どんな時でも元気なヒバリがウィンクした。

「次の街への移動中に、いっぱい魔物が来たらその不満も解消だね。ちょっと祈っとくよ！」

ヒバリの方が物騒なことを言ってるな、うん。本当になったら辛いのは自分達だけど、本当に良いのか？　グッジョブポーズを追加すると、無感情な声のヒタキにばっさり切り捨てられた。

「フラグ乙。あ、そうだ、スキル屋に行こう」

ヒタキがなにを思ったのか立ち上がり、宣言する。「京都に行こう」みたいな言い方されても、さすがに分からない。

俺とヒバリ、ミィは、顔を見合わせて首をひねる。

ヒタキの懇切丁寧な説明によると、スキル屋に行ってステータスアップ系のスキルを買おうぜ！　ってことらしい。そう言えば、成長するスキルの枠が空いてるからな。もったいないか。

「たかが１００％、されど１００％。結構大きいですものね、枠を遊ばせるより、なにかしら入れた方が良いですわ」

「すっかり忘れてた。お手柄だよ、ひぃちゃん」

「思い出した、だけ。暇だったから」

確かスキルは俺が２つ、妹達は３つ空いてた……って、ヒバリとヒタキは魔法を覚えたから２つか。本を元の場所へ戻し、まだ寝ているメイを起こし、スキル屋に向かう。

雨が止む気配はなかったが、俺達には関係無いのでのんびりと移動する。

スキル屋の店主はこんな日に客が来ると思っていなかったのか、大口を開けて欠伸をしていた。それを見た俺達との間に気まずい雰囲気が流れてしまうも、本来の目的を思い出してスキルを眺める。

ステータスアップ系のスキルが隅にあったので、俺達はその一角を覗き込む。

長所を伸ばすか短所を補うかは、個々の判断に任せよう。

俺が口出しするより、妹達自身で考えた方が良い。正直、自分のことで手一杯だし。選択肢がたくさんあるというのも困り物だな。

それを見兼ねてか、ミィが可愛らしい笑顔で話し掛けてくる。

「ツグ兄様はVITとAGI（敏捷性）が良いと思いますわ。レベルによる恩恵は皆無に等しいですもの。ステータスアップで、少しでも補わなくてはいけません」

「あぁ、そうだよなぁ。その2つにするか」

わざわざケースに並ぶスキル玉を指差しながら説明してくれ、俺はそのスキルを買うことに決めた。ありがたい。

リグやメイにもスキルを買えたら良いと思うが、そこまで対応してないんだ。残念。

俺はVITとAGI。ヒバリはMPとINT（知能）。ヒタキはMPとAGI。ミィはHP、AGI、WIS（魔力）。

いまだに少し照れた様子の店主に会計を頼み、これで全員の成長するスキル枠が埋まった。

料理もあるし、アイテムもある。装備も整えたし、あとは次の街へ行くだけか？

「まだやることとってあったっけ？　移動の護衛クエストだって、当日探せば良いもんね」

「……むむ」

ヒバリの楽観主義は、きっと母さんから受け継いだんだな。ヒタキが眉を寄せて唸っていても、意に介する素振りすらないんだから。

とりあえずの確認を終え、俺達はスキル屋を出た。

心なしか雨足が弱まったような気がするけど……気がするだけだと思う。

スキル屋の軒下で雰囲気だけ雨宿りしながらぼんやりしていると、少し拗ねたようにミィが口を開く。

「もう、やることがありませんわ。ログアウトしてよろしいかと思います」

これは紛れもない事実なので、双子に視線を向ける。すると、権限を持っている俺に任せるとでも言いたげな表情だった。

やることがないのにグダグダしていても仕方ないので、お兄ちゃんとしてはログアウトすると決めた。

「ログアウトして、明日に備えてさっさと寝るか。噴水広場に行くぞ」

誰も異存は無いらしく、３人は頷いて歩き出す。

舟を漕いでいたメイを抱き上げ、俺も彼女達のあとを追った。

リグはフードの主と化しているようで、たまに身動ぎが伝わってくる程度。

いつもは賑わいを見せている噴水広場も今日は閑古鳥が鳴いており、閑散としている。

リグとメイを休眠状態にするのも慣れたもので、もうモタモタすることが無くなった。

いつも通り、妹達にやり忘れたことがないかを確認してから、ログアウトボタンを押す。

◆◆◆

意識が浮上する感覚。目を開ければ、いつも通りの見慣れたリビングだ。

何時間も座っていたからか、身体が凝り固まっているような気がする。凝りを解すように軽く伸びをしていると、ふと不安を覚えた。

もしかして、年齢？　いや、妹達もやってるし、これくらい普通だよな。うん。

「そう言えば、美紗ちゃんってどこで寝る？　客間もあるけど、双子部屋？」

どっちにしろ布団は運ばなくちゃいけないんだけど、1階にある客間か2階にある双子部屋、どっちで寝るつもりなんだろう？

今更な疑問かもしれないが、美紗ちゃんは「身体は丈夫ですので、床でも構いませんのに……」と双子部屋を選んだ。それはちょっと。

まだ寝る時間ではないにしろ、俺は彼女達に夜更かしをさせるつもりはない。

予備の布団は1階のクローゼットにあるから、俺は話し込む3人を横目に立ち上がった。

あ、このリビングも暇なら片付けないとだな。

【ブラック☆】LATOLI【ロリコン】part4

（主）=ギルマス
（副）=サブマス
（同）=同盟ギルド

1:プルプルンゼンゼンマン（主）
↓見守る会から転載↓
【ここは元気っ子な見習い天使ちゃんと大人しい見習い悪魔ちゃん、生産職で女顔のお兄さんを暖かく見守るスレ。となります】
前スレ埋まったから立ててみた。前スレは検索で。
やって良い事『思いの丈を叫ぶ・雑談・全力で愛でる・陰から見守る』
やって悪い事『本人特定・過度に接触・騒ぐ・ハラスメント行為・タカリ』
紳士諸君、合言葉はハラスメント一発アウト、だ！
・
・
・
19:かなみん（副）
今日もロリっ娘ちゃん達は可愛いなぁ。しかも仔狼ちゃんもいるしぃ〜っ！

書き込む　全部　<前100　次100>　最新50

20:かるぴ酢

元気ロリ、無表情ロリ、撫子ロリ、ぬいぐるみスパイダー、もふもふ羊、美人お兄さん。なんという俺得！

21:コンパス

>>1ネタ分かった（今更感パねぇけどww）
プルプルンさん的にはレッド☆ロリコンだなwww

22:餃子

もふもふかわゆ～。

23:NINJA（副）

あ、武器を新調するみたいでござるな。移動を開始したでござるよー。ちなみに屋根伝いで観察中なぅ。

24:sora豆

>>19>>20
めっちゃ同感。
やっぱり癒しはここにあった。

25:氷結娘

>>19今日もじゃない。いつもだ！　変わらないように見えて結構

書き込む　全 部　<前100　次100>　最新50

重要！　w

26:魔法少女♂

>>22もふ☆もふ。

27:わだつみ

なんだろう。

いつにもましてNINJAさんがはんざいしゃにみえてしまう。

28:棒々鶏（副）

羊たんは撲殺(ぼくさつ)天使の名に相応(ふさわ)しいと思う。愛くるしいもふもふに大木槌を持つ姿なんて、ほらね？

29:プルプルンゼンゼンマン（主）

>>21深紅(しんく)の死神になりたかったんだけどな。

ランダム機能許せぬ。

30:中井

>>23そこはかとない犯罪臭。ナンデ？　ニンジャナンデェ!?　みたいな。

書き込む　全部　<前100　次100>　最新50

31:ナズナ

>>28撲殺天使というより、圧殺天使……？　ww

32:もけけぴろぴろ

>>27これは同意せざるを得ないwwww

33:わだつみ

そして始まるNINJAさん弄り。

テンプレですね、分かりますwwNINJAさんだから仕方無い。

34:つだち

NINJAさんェ……。

・

・

・

81:魔法少女♂

今日もせっせとレベル上げかぁ～。頑張って強くなるんだよぉ。

82:夢野かなで

羊たんの大鉄槌が黒光りしてる件について。す、すごく、おおきいです……！

書き込む　全 部　<前100　次100>　最新50

83:黒うさ

あの装備なら夜の魔物相手にしても大丈夫だと思う。夜の方が得意だから夜狩りして欲しいなぁ。

84:ちゅーりっぷ

>>82やらないか？

85:空から餡子

>>82ウホッ良い棒！

86:焼きそば

今日もスキル遠見でガン見するお仕事が始まる！　あんまり自分の役に立つスキルじゃないのに今じゃ一番スキルレベルが高いwww

87:フラジール（同）

>>82それをやられると反応せざるを得ない。良いのかい？　俺はなんだって美味しくいただいちまうんだぜ！

88:iyokan

やばい、いつの間にかホモに染まりだした！

書き込む　全 部　<前100　次100>　最新50

89:黄泉の申し子
俺達はロリコン、俺達はロリコン、俺達はロリコン、俺達はロリコ（ry

90:魔法少女♂
ボクはお兄さん派☆

91:ましゅ麿
>>86俺もスキル買ったぉ。木登りと鷹の目。後悔はしてない！（きりっ

92:ヨモギ餅（同）
ちょ、おまいら！　遊んでる暇があるならロリっ娘ちゃん達みてろよ！

93:kanan（同）
あ、リーフレットがお兄さんを触手でもてあそんでる！

94:プルプルンゼンゼンマン（主）
うぉぉおぉおぉぉおお！

書き込む　全 部　<前100　次100>　最新50

95:かなみん（副）

この世の春が来たぁあぁ！

96:棒々鶏（副）

SS、SSはどこだ！

97:NINJA（副）

>>93なん、だと……！

98:密林三昧

>>93ガタッ。

99:白桃

>>93ガッタン！

100:こずみっくZ

>>93俺がアップを始めたようです！　hshs

101:餃子

>>93ガタッ！

書き込む　全 部　<前100　次100>　最新50

102:さろんぱ巣

>>93もちろんSSは撮ったよな？　な？　な！

103:つだち

>>93文章だけでおっきした！　心のあれが！

104:焼きそば

>>93遠見余裕でした

105:ましゅ麿

>>93鷹の目余裕！

106:かるぴ酢

今更だけど、本当ガチ変態ギルドだな俺達www

107:もけけぴろぴろ

>>103アウトーッ！

108:棒々鶏（副）

>>103セウトww

書き込む　全部　<前100　次100>　最新50

109:神鳴り（同）

>>103ちょ、おまっ

110:氷結娘

>>103やめてwww

111:フラジール（同）

>>103良くやった！　誰かが言うとは思ってた！　自分は言わないけど！　ww

112:NINJA（副）

>>106今更でござる。諦めるでござるよ。

113:プルプルンゼンゼンマン（主）

ダメだこいつら、早くなんとかしないと！　（義務感）

・

・

・

139:かなみん（副）

今日は久々の雨かー。いくらリアリティで濡れないように出来ても、土砂降りの狩りは気乗りしないなぁ。

書き込む　全部　<前100　次100>　最新50

140:NINJA（副）

視界不良。忍者としてはやりにくいでござる。未熟者と言われてしまうのも無理ないでござるよ。

141:夢野かなで

あ、あんにゅい！

142:魔法少女♂

定期連絡ww今日のロリっ娘ちゃん達は狩りじゃなくて、図書館で本読むみたいだよん☆

143:ナズナ

>>139雷の魔法を使う人は喜ぶけどねwwでも感電に注意、だよ。

144:中井

図書館行くんだったら近くで本読んでよーっと。

145:甘党

あ、第2図書ェ……。

146:フラジール（同）

第２に行かれたら許可証ないからついていけない！　そうか、幽霊

書き込む　全部　<前100　次100>　最新50

クエストクリアしてたんだっけ。

147:コンパス

>>142定期把握w

こんなに雨がすごかったら湿気ヤバいだろうなぁ。本、カビたら最悪。

148:黒うさ

>>141あんにゅい！

149:棒々鶏（副）

今、閲覧許可証持ってんの誰だったかなー。100人いなかったはず。売ってくれるなら高く買う！　本の虫とは俺のことだ！　はぁはぁ。

150:わだつみ

今日はのんびりだー。

151:iyokan

>>145許可証ェ……。

152:かなみん（副）

ロリっ娘ちゃん達が動かないと、LATOLIも動かないからねぇ。解散〜

書き込む　全 部　<前100　次100>　最新50

話は続……く？

ふぁぁ、と大きな欠伸をする。現在、午前8時過ぎ、土曜日の朝だ。

今日は部活動がないと言っていたので、妹達はもう少し寝ていて良いはず。

だが俺は、気持ちの良い寝起きとは言い難い起こされ方をしてしまった。

「……ったく、なにやってんだ、あいつら」

聞こえてくるのは、乙女とは言い難い「ふぉぉぉおぉっ！」という悲鳴や皿が割れた音。

俺より早く起きてやろうとしていることは分かったが、なぜそれをできると思ってしまったのか。

盛大な溜め息と共に俺はベッドから降り、パジャマ代わりにしている浴衣の腰紐を解く。

脱げやすいけどこれが楽なんだよなぁ、と思いながら着替えを済ませ、戦場という名のキッチンへ向かう。

俺が降りてきたことにも気付かず、てんやわんやしている様子が扉の磨り硝子からも窺えた。

そっと扉を開くと、眼前に広がる大惨事。

自分達のことに精一杯で気付いていない彼女達に苦笑しながら忍び寄り、対面式のキッチンカウンターから顔を出すと、思わず言葉が漏れた。

「どうやったら、真っ赤な目玉焼きと黒いトースト、無惨なサラダが出来るのか……」

「「「！！？」」」

ツンとした刺激臭がする目玉焼きと、焦げているわけではなさそうなトースト。

引きちぎられたレタス、ぶつ切りやら全く切れていないキュウリ、半分潰れかけているプチトマトが盛られたサラダ。

ようやく俺の存在に気付いた妹達が、一様にビクリと肩を震わせた。

あ、割ったらしい皿はシンクの中で哀れな姿となっていた。ただ、妹達が怪我をしている様子は無いし、これについては後回しにしておこう。

そんなことを考えていたら、雲雀が真っ赤な目玉焼き、鶲が焦げ茶色のトーストの皿、美紗ちゃんがサラダボウルを俺に突き出した。

「あ、あ、朝ごはんだよ、つぐ兄ぃっ！」

赤い目玉焼きは、七味唐辛子をこれでもかと振り掛け、黒いトーストはコーヒーとシナモンパウダーが掛かっていると分かった。

比較的まだ食べられる物が出てきたことに感動すれば良いのか、少しばかり悩むな。

ふんふんっと鼻息の荒い雲雀に乾いた笑みを向けつつ、それらを全部受け取る。

もちろん、残骸の片付けは俺も手伝い、妹達のドキドキ朝飯作りが終わった。

中々不思議な味のする朝飯だった。

不思議なことに、食べられ無いことはない。まぁ、いけない組み合わせでは無かったからな。

あれ？　目の端に光るものが……。

感慨深い思いに浸っていると、妹達はどんどんゲームの準備を進めている。

「まぁやっても良いけど、朝1回、夜1回のログインだからな？」

「分かってますわ。さすがに一日中ゲーム漬けは良くありません。わたしが言っても、あまり説得力がありませんが」

「そりゃそうだ」

お約束の言葉を告げると、ヒヨコのシールが貼られたヘッドセットを渡してくれた美紗ちゃんが笑顔で頷く。

ゲーマーを自負(じふ)する美紗ちゃんに言われても……って感じだが、分かってるなら良い。

準備が整ったのか、いつも通り対面のソファに座る３人。

それに合わせて、俺もヘッドセットを被る。

今からログインすればゲーム内は朝で、ログアウトする時の現実世界は昼過ぎ、になるはず。そんなことを考えながら、ログインボタンをポチッとな。

目を開けると、ラ・エミエールの世界は、まだ大半が寝ているのではと思うくらいに薄暗かった。
だが24時間営業のギルドはやっているし、今日出発する荷馬車は積み込みを始めている。
馬車に乗せてもらわなくちゃ次の街に行けない俺達は、リグとメイを呼び出すと、足早にギルドへ向かった。

「食料もあるし、飲み物もある。ポーションは売るほどある、けどＭＰポーションが心許ない」

(・w・?)
「シュ？」

「クエスト選びは３人に任せて、俺達はＭＰポーション買いに行こうか」

(`・ェ・)
「めぇ！」

３人が商人護衛、もしくは乗り合い馬車のクエストを探している間、俺はインベントリの画面を開いて準備が万全かを確認していく。

４人と２匹が１週間で必要となる料理やアイテムを計算すると、ＭＰポーションが心許ないことに気付いた。素材が見付けにくいからなぁ。

すぐにアイテム売買の受付に行き、ＭＰポーションを20本買った。これで足りるだろう。

受付から３人の元に戻ると、彼女達は１枚ずつクエスト用紙を持っていた。

ヒタキのが、規模（きぼ）が大きい商人の護衛クエスト。ヒバリのが、規模が小さい商人の護衛クエスト。そしてミィが持つのは、乗り合い馬車のクエストだった。

乗り合い馬車のクエスト用紙とは、乗車勧誘（かんゆう）チラシみたいなものである。

一般人からは乗車賃を取るみたいだが、戦える人からは取らない。代わりに魔物との戦闘を任せたり、夜間の警戒も戦える人間が行う。徒歩より断然速いから需要はあるな。

「こういうのって、どれにするか悩むよねぇ～」


自身が手にしたクエスト用紙をペラペラと振りながら、眉を寄せて唸るヒバリ。

どれにも良い点、悪い点があるから悩ましい。当たり前だけど、理解できないリグとメイが一緒のタイミングで首を傾げていて、とても可愛らしかった。

良く分かっていない俺は放って置かれ、ヒタキとミィがクエスト用紙とにらめっこして思案する。

そして数分後、焦れたヒバリが自身の持つクエスト用紙をグシャリと握り潰し、その手を天に掲げた。


「これ！　この乗り合い馬車で行こう！　どれでも一緒だと思うし、ね？」

「そ、そうですわね」

「と言うか、用紙握り締めたら駄目。皺になる」

鶴の一声ならぬ、ヒバリの一声でクエストが決まった。

苦笑するミィと、ヒバリをたしなめるヒタキ。ヒバリは前も、用紙を握り締めてたよな……。

こういう時のヒバリの直感は、面白いことになる場合があるから、俺は反対しない。双子達は、用のない2枚のクエスト用紙を、さっさとボードに貼り直す。

「じゃあ、この乗り合い馬車で良いんだな？」

【乗り合い馬車、勧誘】
【依頼人】乗り合い馬車協会、御者(ぎょしゃ)ルンデータ
知恵の街エーチ～迷宮の街ダジィン間を、乗り合い馬車で快適に行きませんか？
【条件】一般人1名3万M、戦闘可無料。
【条件2】朝6時までに集合。定員数30名。

受け取った用紙を読みながら、最終確認のつもりで3人を見渡す。

全員頷いたので、そのまま用紙を持って受付へ。

朝6時までまだ時間があるし、定員数も上限に達していないようだった。

受付の人によると、御者はすでに待機しているみたいなので、準備が終わっているなら行っても大丈夫とのこと。

もうやることもないので、俺達はそこへ向かうことにした。

木の札(ふだ)を受付の人にもらい、ギルドを後にする。

この札は乗り合い馬車の乗車券らしい。ギルドを間に挟むと手数料は掛かるが、人員を割(さ)かなくて良いから楽かもな。


「わ、おっきな馬！」

(`・w・)「シュッ！」

(`・ェ・´)「め！」


早朝の静まり返った石畳(いしだだみ)の通路を歩いていたが、門に近付けば近付くほど、活気が溢れている。

この世界は馬や牛での移動が主流だし、朝早くから出発したとしても到着するのに何日も掛かってしまう。しかも、盗賊や魔物に襲われる危険性もある。

うん、生きるのに大変な世界だ。

大口開けながら呆(ほう)けるヒバリに、なぜか警戒を始めるリグとメイ。

乗り合い馬車に繋がれた2頭の馬は、ばん馬を一回り以上大きくしたような馬だった。巨体で筋肉隆々（きんにくりゅうりゅう）、体当たりされたらどこまでも吹き飛んでしまいそうだが、優しげで円（つぶ）らな瞳が可愛い。

『お、冒険者、この乗り合い馬車に乗るのか？』

「あ、はい」

ハシャギ始めた妹達が馬を撫でていると、馬車の陰から、鉈（なた）のような武器を装備した男性が声を掛けてきた。俺はすぐに返事をして、ギルドでもらった木の札を渡す。

彼が御者を務めるルンデータさんで、一応戦闘もできるらしい。

◆◆◆

冒険者であり戦える俺達は乗車賃がいらないので、乗車証を渡し挨拶を終えると、頑丈（がんじょう）な造りの馬車の中へ入った。荷物があれば馬車の床下にしまうと言われたが、俺達には便利なインベントリがあるから丁重（ていちょう）にお断りする。

魔物や盗賊が出たら戦わなきゃいけないから、とんとんって所かな。どちらも出ない安全な旅なら丸儲(まるもう)けだと思うけど。そんな上手い話は無いだろう。多分。

馬車の内部は、バスの座席のように木製のベンチが並んでいた。快適さよりも客をどれだけ詰め込めるか、を重視しているみたいだな。

席を見渡せばやはりこの世界の住民はあまり旅をしないようで、半分しか埋まっていない。俺達と同じ冒険者は、NPCの3分の1と言った所か。


「ツグ兄ぃ、冒険者はいつでも戦えるよう扉の近くに座るんだよぉ～」

「へぇ、この閂(かんぬき)は？」

「それは魔物や盗賊に襲われた際、車中に籠城(ろうじょう)するための鍵ですわ。掛けるか外すか、一瞬の判断が生死を分けますが、無いよりはあった方が良いです」

「大体、盗賊用。冒険者が戦ってる間、馬車が襲われたら本末転倒(ほんまつてんとう)だから」


妹達の解説に頷きながら席に向かう。

乗り降りする扉は3ヶ所あり、両側面と後部。前は御者ルンデータさんの席があるから、扉がないのは当たり前だが……。

俺達はちょうど冒険者がおらず、席も空(あ)いていた左側の扉近くに腰掛けた。ベンチは4人掛けだったけど、メイは膝の上に乗るから問題なし。リグはフードの中。

「ううっ、１週間も座ってたらお尻が痔になりそう……」

「13歳のうら若き乙女が尻とか痔とか言うなよ」


ヒバリが小さく呟いたのを皮切りにしばらく談笑していると、もう出発時間になったらしく、ルンデータさんの大きな声と共に馬車が動き出した。

話している間に、ＮＰＣが２人、冒険者が３人増えたので乗車人数は計24人。結構割りの良い商売なんだろうか？

前に乗せてもらった荷馬車より、少し早いくらいの速度で走る馬車。

どこまで行っても草原と森しかなく、出発早々飽きてしまうかもしれないな。

妹達がいるので、会話には不自由しないけれども。

あぁ、そうそう。この馬車には小さいけど窓がある。硝子の代替品として、硬石という貨幣にも使用されている硬い石をできるだけ透明に加工し、それをはめ殺し窓にしたものだ。

特殊な手順を踏まないと加工できないし、防犯性に優れているがものすごく高い。貨幣に使用している石のため、国の許可が降りなければ違法となってしまうらしい。

前の席に座っていたお爺さんが教えてくれたんだけど、その人は現在進行形で酷い車酔いになってしまった。ほら、ずっと後ろ向きでしゃべってるから。

「んー、皆は長持ちする保存食なんだな」

車酔いでグロッキーと化しているお爺さんが言うに、移動日数は5～7日。

その間、生鮮食品は食べられないので、乾燥させた肉や果物を食べて凌ぐらしい。もちろん、魔物が食べ物を落とせば別だろうけど。

妹達の会話に相槌を打ちながら、俺はいささか透明度が足りない硬石の窓へ目を向けた。

時間は過ぎてお昼頃。

便利なインベントリを持っている冒険者はお弁当などを取り出し、それが無い冒険者はNPCと同じく馬車の外で煮炊きをするらしい。

煮炊きと言っても、保存食を渡すか、水魔法が使える冒険者が手伝ってスープを作るくらいだ。

俺達の満腹度や給水度から考えると、手持ちの食料に余裕はあるが、皆に配ったらすぐに無くなってしまうだろう。

食事中の人達の護衛をするため、馬車の外へ出た。これが、無料で乗せてもらう条件だしな。


「……なんだ、あれ」


タラップの上り下りができないメイを抱えて外に出ると、不自然に大きな影が掛かっている。

俺が見上げると、馬車の屋根の上に、スカーフをなびかせた黒ずくめの男が仁王立ちしていた。


「あっ、あれは！」

「忍者？」

「……です、わね」

ヒバリが黒ずくめの男を指差し、ヒタキが首を傾げ、ミィが冷めた目で肯定する。

ん？「犬の臭いがすると思いましたら……」って、ミィはなに言ってるんだ？

アイコンからプレイヤーの冒険者だと分かるが、妹達が騒いだ瞬間にスッと消えてしまった。

一体なんなんだろう。俺達と同じ乗客だと思うので、放っておくか。敵じゃ無いはずだ。多分。

さて、気を取り直して２人ずつに分かれ、警戒を始める。

見渡す限りの草原に小川が流れる長閑な風景が広がり、近付いて来る魔物はない。しばらく時間を潰すと昼食が終わり、俺達も馬車に乗り込んだ。

「はふ、このままなにも無ければ良いねぇ～」

隣に座るヒバリが可愛らしい欠伸をしながら、のんびりと言った。

これも、妹達がいつも言う「フラグ」ってヤツだろうか？

◆　◆　◆

特に魔物は出ず、無事に終わりそうな初日の夜。

夕食を終え非戦闘員のＮＰＣは馬車の中で寝て、冒険者は外で焚き火の番をするらしい。

と言うか、プレイヤー冒険者はHPとMPを回復させるために睡眠(すいみん)が必要なだけで、ずっと起きていても問題はない。なので、空が明るくなるまで、のんびりと待つだけだ。

「ええと、今は21時。明るくなり始めるのは4時とのことですから、7時間の待機ですわね」

「7時間かぁ……」

「がんば、ヒバリちゃん」

2ヶ所ある焚き火の1つを俺達は囲む。

他の冒険者は地面に寝転がったり、焚き火の側にいたり、馬車の屋根で座禅(ざぜん)を組んだりと、結構自由な人ばかり。狩りに出掛けてしまう人までいて、本当に自由だ。

ヒバリがふと、自然な動作でヒタキの膝に頭を乗せる。

その頭をヒタキが優しく撫で、ミィが穏やかな笑みを浮かべた。

リグは俺のフードの中で寝入っているし、メイは足の間で寝ている。

焚き火の色がメイに映り、オレンジ掛かった羊の魔物になっていて、少し笑ってしまった。

「ルンデータさんが言うには、今日は今までに無いくらい平和らしい。このままなら3〜4日で着くかもしれないって言ってたし、こういう経験も貴重だ」

「ん、楽しい。キャンプに来たみたい。うきうき」

「ええ、魔物と戦えないのはつまらないですが、キャンプのようで楽しいです。中々に乙ですわ」

普段なら1日に1回は魔物の襲撃があるはずなのに、今日はやけに穏やかだった。出て来てもスライムだけだったようで、それは馬や馬車で轢き潰せるため、止まることもない。頻りにルンデータさんは首をひねっていたが、大型の魔物が目撃された情報も無ければ、盗賊が出た情報も無いので、たまたま魔物が出て来なかったのだと納得したらしい。早く着くのなら、それに越したことはない。

余談だが空が明るくなり始めた頃、狩りに出ていた冒険者が大量の魔物の素材を持って帰ってきた。中には食料もあったらしく快く提供され、ちょっとばかり煮炊きが豪華になった。

◆　◆　◆

魔物も盗賊も出ない、穏やかな道を馬車に揺られて4日目のお昼。

長年御者をしているベテランのルンデータさん曰く、この分なら明日の日中くらいに着きそうだ、とのこと。

次の街ダジィンはダンジョンが集まる街なので、いろんな意味でのんびりしてられそうに無い。

「あぁルンデータさん、これってなんですか？」

俺がその存在に気付いたのは偶然で、それは御者席の天井からぶら下がっていた。

手に載るほどの小さな壺に視線を向けて問い掛ければ、ルンデータさんは壺を紐から外し、中身を見せてくれた。中身は甘い香りと黄金色が特徴的な……蜂蜜だな。

思わず現在はコートを飾り立ててくれている女王の飾り毛マフラーに手を伸ばす。全くもって手入れなどをしていないのに、モフモフ加減が全く損なわれていない。

妹達が言っていた迷宮の街ダジィンを阿鼻叫喚にしたとかいう、蜂蜜鬼神対策ですか？と問えば、おぉ良く知ってるな！　と返された。

迷信に近いそうなのだが、忘れた頃に現れるので念には念を、とのこと。

蜂蜜さえ渡してしまえばしばらく味方になってくれるらしいので、頼もしい用心棒とも言えるだろう。しかし残念ながら、この道30年のルンデータさんでも出会ったことがないそうだ。

「ツグ兄、食事しないとヤバい、かも？」

ルンデータさんとの会話を終え、妹達がいる場所へ戻ると、ヒバリがウィンドウを見ながら言った。


「え？　あ、あぁ。もうそんなに経ってるのか」

「ちょっと時間の感覚無くなってきたよねぇ～」

「ふふ、気を付けなければいけませんわ」


12時間過ぎるか、もしくは動いた分だけ満腹度と給水度が減るんだが、今回は安全な旅のため、そんなに食事をしていない。だからつい忘れがちになってしまうのだ。

煮炊きをしている人達から離れ、外を向いて見られないよう食事の準備をする。

とは言っても、インベントリから取り出すだけなんだけどね。

あぁやっぱりと言うかなんと言うか、食べ物の匂いに釣られてリグが起き出した。

モゾモゾとフードから這い出て来る姿に、俺は小さく笑った。

5日目の昼前に、俺達は目的の場所へと到着した。

迷宮の街ダジィンは他の街とは造りが変わっており、街と言うよりも要塞と言った方が良さそうだ。分厚く高い外壁に覆われ、飛び抜けて異彩を放つ巨大な塔。

あれが初級から魔王級までを含むダンジョンらしい。

警備も厳重だとルンデータさんは言っていたが、人間には関係のない話らしく、検問も無くさっさと街の中へ入ることができた。

基本的には今までの街と変わらず、十字に走る大通りによって、居住区、商業区、畜産農業区に分けられ、残りの区画にドンッと塔が建っており、噴水広場やギルドなどもそこにある。


「さて、どうするかな」


ルンデータさん達と別れ、俺は小さく呟く。

1週間の旅を予定していたのに5日で終わってしまったから、ログアウトの時間まで、リアルであと1時間（ゲーム内だと2日間）くらいあるわけだ。

大口を開けて塔を見上げている妹達と相談、かな。

はぐれないようメイと手を繋ぎ、今回は起きているリグを腕に抱いた。

まだ3つの街しか見ていないが一番栄えている印象があり、行き交う人々の量が段違いなので、迷子にならないように気を付けなければ……。

うろうろ視線をさ迷わせると、斜め向かいの店に目が留まる。

パステルカラーを基調とした明るい店で、看板に可愛らしく「ペシェ（大きなハートと小さなハートの絵）ミニョン」と書かれ、外に飲食のスペースが設けてあり、プレイヤーとNPCでそこそこ埋まっていた。


「あ、お前ら、なんか可愛いカフェがあるぞー」

「カフェ!?」


勢い良く反応したのはヒバリで、俺が指差した方向にバッと顔を向けると、俺の服を掴んでクイクイ引っ張り始めた。

表情を輝かせ涎を垂らしそうな勢いのヒバリに俺はクスッと笑い、大人しく従う。

店まで来ると、薄い桃色のテーブルと濃い赤色の椅子が可愛らしく、店の雰囲気に合っているなぁ……と1人頷く。

席に座りどうしようかと視線を上げれば、可愛らしい制服に身を包んだ女性が笑顔でメニューを差し出してくれた。アイコンの色から、彼女がプレイヤーだと分かる。

「いらっしゃ〜い！　こちらがメニューで、お冷やとお手拭き(てふ)タオルでぇす。なにするか決まったら呼んでね？　ごゆっくりぃ〜」

「あ、は、はい」

店員が音もなく優雅(ゆうが)に去っていった方を、悔しそうな表情のヒタキが眺める。

「き、気付かなかった。あやつ、出来る……！」

「可愛らしい制服でアルバイトって、少し憧(あこが)れてしまいますわ」

ミィは、ほぅっと頬に手を当てているが、アルバイトするにはまだ早いんじゃないかなぁ。

「ペシェティー？　ペシェタルト？　ペシェのジェラート？　ペシェ？　ってなに？」

「ペシェはフランス語で桃って意味だよ。ペシェ・ミニョンは確か甘い物好き、だったかな？　人数分のティーと、タルトをホールで頼んで分ければ良いか？」

(*・ェ・)ノ ヽ(・w

「シュ！」

「めぇっ」

ヒバリのペシェがゲシュタルト崩壊(ほうかい)する前に意味を教え、喜ぶ２匹を横目に手を挙げた。

すぐに先程の店員が現れ、ニコニコと笑みを浮かべ注文を聞いてくる。とにかく対応がすさまじく速い。

気を取り直して、俺はペシェのタルトを１つと、ペシェティーを６つ頼んだ。

ちなみにタルトはホールで５０００Ｍ、ティーは一杯８００Ｍ。やっぱり、自分で作るより割高だな。

約10分待つと、焼き立て、淹れ立てと思われる香りを放つ、お盆(ぼん)を持った店員が現れる。

全員が目を輝かせて見つめるので、店員がクスリと笑う。

お代はこのまま店員の彼女へ払うらしく、支払いを済ませると「ごゆっくりぃ～」と離れて行った。食べ終わった食器も彼女が片付けるんだろう。多分。

(*´ェ`)b ヽ(*・w・*)ノ

「ふぉぉおぉおおっ！」

「シュシュッ、シュ～ッ！」

「めぇ！　めめっ、めぇめ！」

ヒバリ、リグ、メイがタルトをかじりつくように見ているので、俺は早速備え付けのカステラ包丁を手に取った。

「ヒバリ、涎出すなよ。切り分けるから皿取って」

「ん」

6等分したタルトをケーキサーバーでそっと持ち上げ、ヒタキに手渡された皿に移していく。

「まぁ、良い茶葉を使っているだけでなく、完熟した果物を使っておりますのね。この値段でこの品質、血の滲むような思いをなさったことでしょう。物理的に」

「ぶ、物理的に?」

ティーカップの香りを嗅いだミィの発言に首をひねりながらも、皆に行き渡った所で一斉にいただきます。

瑞々しい桃の果肉が敷き詰められたタルトをフォークで口に運ぶ。桃が引き立つ程度の甘さに控えてあり、タルトのサクサクな食感がとても美味しい。

桃の甘い香りが広がる紅茶も、予想を良い意味で裏切られ、甘すぎずすっきりした味わいになっていた。


「これ食べ終わったら、いったんログアウトしようか」


そう言うと、ヒバリが「え!?」と言う表情をするも、うすうす察していた様子。

馬車に乗っている時間が少なかった分、早めのログアウトになるが仕方ないだろう。

その分、次のログイン時間を長くする……なんてことは無い。

◆
◆
◆

欠片すら惜しむように食べ終えた俺達は席を立った。

次に向かう場所は天高くそびえ立つ塔ではなく、噴水広場。

ふとペシェ・ミニョンを振り返れば、俺達が食べた食器をお盆に載せた店員が、笑顔でこちらに手を振っていた。

あやつ、できる……！

「わわっ、さすが、全階級ダンジョンが集まるだけあるね！　お店回りが楽しみになっちゃうよぉ～」

ダンジョン区画までは少々歩くので、その道すがら、ヒバリが辺りをキョロキョロと見渡しながら話す。確かに、ダンジョンがあるということは、それだけ資源が豊富ということでもあり、それを活用して店を出す人も多いだろう。

全階級のダンジョンが揃うのはここだけのようだし、それだけの価値がある。

俺達のようなプレイヤー冒険者だけでなく、全世界のＮＰＣ冒険者もこぞって集まっているのだ。人の多さに比例して街が発展していくのは当たり前だろう。

「次にログインする時、待っていろ、私は全ての店を回ってみせる……！」

「まぁ！　もちろん、わたしもご一緒いたしますわ！」

「え、無理があるんじゃ……まぁ良いけど」

ヒタキが握り拳を作って、変な方向へ熱意を燃やす。それを見ていたミィも、感動したように両手を頬に当て、何度も頷いていた。

次のログインも1週間程度だから無理があるよなぁ。

賑やかな大通りを歩き、しばらくして噴水広場へたどり着く。

ここはどの街でも造りが同じなので、特に言うことはないな。だが、やはり冒険者の数が多いので、空いているスペースを見付けるのに時間が掛かってしまった。

じゃあまた後で、と2匹を【休息】に設定。

俺は少し妹達と会話してから、ログアウトのボタンをポチリ。

次にログインしたらダンジョンの攻略か。迷子にならないよう、気を付けなくちゃな。はは。

◆　◆　◆

現実世界に帰ってきて最初にするのは、まずゲームの後片付け。

片付けと言っても、ヘッドセットをしまってパソコンを閉じるだけだ。壁にかけてある時計を見れば、現在時刻は午前11時過ぎ。

お昼を食べるにはちょっと早い。動いたわけでもないし、あまりお腹が空かない。燃費が良いのか悪いのか、ってね。

「んー……」

一応キッチンに行って冷蔵庫を開く。そう言えば、買い物に行かないと大した物が無いんだった。

俺は唸りながら、ダンジョン攻略について話し込む妹達をちらりと見る。

留守番でも頼んでパパッと買ってくるか。

小さく折り畳んだエコバッグ数個と財布をズボンのポケットに押し込み、キッチンカウンターの隅に置かれた家の鍵を持つ。

ちなみに、鍵には小さな編みぐるみがついており、これは雲雀の製作物だ。売り物にしても良いくらいの出来だぞ。

その時、話していた妹達の動きがピタリと止まり、一斉にこちらを見る。ビックリした。

「食材が心許ないから買い物行ってくる。んで、留守番頼みたいんだけ……」

「私も行く！」

バッと雲雀が立ち上がってこちらに歩いてくる。

残りの2人も雲雀に続けと言わんばかりに立ち上がり、うんうんと頷いた。

時間が合わず最近は一緒に行くことも少なかったけど、今日はいつもより賑やかな買い物になりそうだな。

皆で戸締まりを確認し、家を出る。

道すがら会う知り合いに挨拶をしつつ、スーパーに到着した。土曜日だからか人が多い。

カートに買い物カゴを載せると鶲がそれを押し、俺の後をついてくる。

行き交う主婦や家族連れの邪魔にならないように歩き、『本日のお買い得！』と書かれた野菜の前で足を止め、素早く品物の鮮度を吟味していく。

「つぐ兄様、なにをお買いになられますの？」

「んー、食材がほとんどないから、ある程度安いやつは色々買うよ。良く食べる妹がいるからね」

その途中で、美紗ちゃんが俺の手元を覗きながら話し掛けてきたのだが、つい生返事になってしまった。

そんな態度にも怒った雰囲気はなく、美紗ちゃんは何度か納得したように頷く。実を言うと、雲雀や鶲、美紗ちゃんの方が、俺より食べるからな。

野菜を数個選んでカゴの中へ入れたタイミングで、今まで大人しくしていた鶲がしゃべり出す。

「私達は、成長期。良く食べ良く寝て、色々と大きくしなくてはいけない」

あぁ、うん。健康的に育ってくれさえすれば良いからな。

さて次は……と移動しようとすると、そこには雲雀がおり、片手を天高く掲げ、鼻息荒く問い掛けてきた。

「ねぇつぐ兄ぃ、おやつは何百円までですか⁉」

お菓子を買ってもらうことが目当てだったのか、と思いつつも、周りの目が気になるので思わず「さ、さんびゃくえんまで……」と答えてしまった。

一瞬で上機嫌になった雲雀は、スキップしそうな勢いで俺達から離れ、お菓子コーナーへと向かって行った。

よし、買い物袋は雲雀に持たせよう。ゲームでは力持ちだが、現実ではただの女の子だからな。少しは懲りてくれる……はず。

「ぐぁ～、重かったぁ。でもお菓子買ってもらったし、等価交換等価交換。それに部活の練習よりずっとマシ。ガチでマシ！」

◆◆◆

冷蔵庫にない物や安い物を衝動買いして、お昼前には帰ってくることができた。

さっき決めた通り、雲雀には一番重たい荷物を持たせたんだが、やり過ぎたか？　と思うほど雲雀の目が死んでいた。そっとしておこう。触れて良い話題ではない様子。

買い物袋をキッチンに置いてもらい、美紗ちゃんが品物を袋から取り出し、俺が冷蔵庫にしまうスタイルでさっさと収納を終わらせる。

あぁ、そう言えば昨日のカレーがまだ残ってたなと、冷蔵庫で幅を利(き)かせている鍋を見つめた。

買い物に行かなくても昼飯はあった、とか言ってはいけない。どうせ行かなくちゃいけなかったし、あまりお腹も空いてなかったし。

ちょうど良いちょうど良い。だがカレーは夕飯で、冷凍庫に入っていた冷ご飯と使いかけの野菜諸々(もろもろ)、ハムとソーセージを使って、昼飯はオムライスになったとさ。

◆◆◆

妹達はリビングでパソコンを使い、俺は自室のパソコンでメールのチェック。そろそろ新しい仕事がくる頃だと思う。割りに合う良い仕事なんだが、いかんせん肩が凝る。どうにかならないものか……。

現在の時刻は夕飯を食べ終わったばかり。妹達が次第にそわそわし始めるので、思わず「落ち着け」と言ってしまった。

「ダンジョン、ダンジョン、ダンジョン探索ぅ〜♪」

「上手く探索できたら、上位のダンジョンにも挑みたいものです。ふふ、血が騒ぎます」

音程が外れた雲雀の歌に苦笑しながら、美紗ちゃんが至極(しごく)楽しそうに笑う姿を見て、俺はいつも通りに釘を刺す。

もうさすがに分かってるだろうけど、お兄ちゃんは心配性だからね。仕方ない。

「今回のログインもリアルで3時間30分、ゲーム内での1週間だな。すごい楽しみなのは分かるけど、あまり無茶なことはしないように」

「ん、私ストッパー。たまに暴走するけど」

「はは、できればしないでくれ」

鶲から俺のヘッドセットを受け取り、被りながら空笑いする。

毎日がフェスティバル開催中の雲雀と、稀にスイッチが入ってしまう鶲。どちらが大変かなど、推して知るべし。いつも通りソファーに座り、準備が終わればボタンをポチリ。

一瞬にして意識は彼方へと飛び去り、目を開けた瞬間にはゲームの世界だ。

まずはリグとメイを喚び出して、いつもよりやる気に満ちた表情の妹達に視線を向ける。

彼女達は完全にダンジョンを見つめていて、俺がわざとらしく「こほん」と咳払いすると、慌ててこちらを見た。これまでになくそわそわした様子だ。

浮き足立つのも分かるが、ちょっと落ち着かせないと怪我をするかもしれない。

「楽しみにしてる所悪いが、ダンジョン特有の注意とかはあるか？」

決して妹達に任せっきりで、事前情報を調べてないからじゃないぞ。うん、決して。

妹達はウィンドウを開くと、口々に説明してくれる。


「えっと、ダンジョンは初級、中級、上級、特級、魔王級があるよ。初級を攻略しないと次の級には挑戦できないから、今日の私達は初級に挑戦だね！」

「初級は1階から10階まで、レベル20までの魔物しかおりませんの。中級は11階から30階まで、レベル90までの魔物が出現致します。わたし達の実力から言って、中級で十分レベル上げができますわ」

「ん、ダンジョンには10倍の広さと通常の広さがある。前者は他の冒険者達と協力して進むマルチモードで、後者は自分達のみで進むシングルモード。5階ごとに一応小ボス、10階ごとにボスがいる。あと、10階ごとのボスを倒せば魔法陣で行き来できるって。便利」

「わたし達の中に空間魔法が使える方はおりませんもの、仕方ありませんわ」

ふむふむ、と頷きながら話に聞き入る。大体そんな感じのダンジョンらしい。

ちなみに、小ボスは倒さなくても次の階に進めるらしい。早さを求めるなら素通り一択。

ペット達2匹も、俺と同じようにうんうん何度も頷いていた。理解できたのか？

説明を挟み、多少は落ち着きを取り戻した妹達。

そんな彼女達を連れて行ったのは、ダンジョンではなくギルド。

折角なので、ダンジョン内の魔物を倒すと多少なりMがもらえるクエストを受けに来たのだ。


【ダンジョン内の魔物を討伐、F～】

迷宮の街ダジィン、ダンジョン内の魔物討伐。階層ごとに報酬額の変動あり。


受けているのといないのとでは随分違うので、クエスト用紙を受付へ。

装備を整えたり、良いスキルを買ったり、料理に使う食材を買ったり……現実以上になにかと入り用なため、お金はあった方が良い。

◆　◆　◆

ダンジョンにたどり着くと、思っていたより高い塔だと分かった。

一応窓のような物はあるが、真っ暗で塔の内部を窺い知ることはできない。

入り口にはフルプレートアーマーを着込んだ警備の人が２人立っているが、俺達を一瞥(いちべつ)

したたけで、話し掛けてきたりはしなかった。

「お、これか」

極力気にしないようにして入り口の前に立つと、ウィンドウが可愛らしい音と共に開く。

ウィンドウには2つ選択肢があった。

先ほどヒタキから教えてもらった通りだ。マルチモードではなく、シングルモードと書かれた場所を押す。

『ダンジョンの設定が完了しました』となったことを確認し、妹達に告げる。

馬車での戦闘が無かったお陰で準備は万端だから、意を決し入り口の中へ入ると、薄い布を潜ったかのような感覚に襲われた。謎だな。

【迷宮1階層目】

「な、生(なま)ダンジョン!」

ダンジョンの中は薄暗く、天井から地面に至るまで石で出来ていた。壁には少し広めの感覚で松明があり、暗い場所も多い。

ただ、ヒバリの魔法を使えば明るく快適にダンジョンを探索できるため、そこまで気にしなくて良いと思う。

「ひぃちゃん、明かりお願い。あまり動かない、ツグ兄に追従させると良い」

「あ、うん。【ライト】と、設定を……」

ヒタキがヒバリに言うと、すぐさま光魔法【ライト】が俺の近くを浮遊する。この前みたいに光の強さを間違えると言うことはなく、明るすぎず暗すぎず最適だ。

明るさを確保するとスイッチが入ったようで、妹達は武器を抜く。

初級ダンジョンは10階しか無いし、マッピングも問題ないということなので、今回は本能の赴くままに行くつもり。

いざ歩き出そうとすると、近くにいたヒタキがウィンドウを開いて見せてくる。

「ツグ兄、覚えた魔法見て。一番皆のことを見てるのツグ兄だし、知ってたら良いと思うから」

あぁ、確かに。知らないよりは知っていた方が役に立つ、かも。
どれどれ？　とヒタキが開いたウィンドウを覗き込む。ついでにヒバリの新しく覚えた魔法も教えてもらった。

『ヒタキの闇魔法一覧』
レベル1【ダークボール】（攻撃）消費MP15
レベル8【ドレイン】（HP吸収）消費MP9
レベル15【ブラッド】（攻撃）消費MP20
レベル22【アシッド】（防減）消費MP17
レベル34【ポイズン】（毒付与）消費MP8
レベル46【シャドウハウンド】（自身と同じステータスの影犬を召喚。使い捨て）消費MP全量の1／3

『ヒタキの火魔法』
レベル1【ファイア】（攻撃）消費MP8

「ヒバリの新しい光魔法」
レベル39【メディア】（中回復）消費MP23
レベル47【リフレク】（魔防アップ）消費MP15

「ヒバリの水魔法」

レベル1【ウォータ】（攻撃）消費MP12

ほほぉ、結構いろんな魔法を覚えてたんだな。

「もう覚えた。大丈夫」と言えば、ヒタキはウィンドウを消し、くるり身体を反転させた。

ちょっと時間を食ってしまったが、気を取り直してダンジョン探索の開始。

ヒタキのスキル【気配察知】を最初から使ってもらう。

カツンカツンという足音が、薄暗い通路に響き渡る。

「あ」

「ん？」

「めっ！」

Σ(；ェ；｀)

ヒタキが小さく声を漏らし、ヒバリは首を傾げた。なんだと聞く前に、俺の隣を並んでいたメイがとんでもない音を立ててしまう。

角を曲がる時、黒金の大鉄槌が壁に引っ掛かったのだ。石壁がボロボロッと崩れており、大鉄槌には傷1つ付いていなかった。

柄が長いから、引っ掛かってしまうのも仕方がない。なので、メイにはいったん黒金の大鉄槌をしまってもらった。

「ヒタキちゃん、先ほどはなにを言い掛けましたの？」

しょんぼり落ち込んでしまったメイを慰めていると、ミィが首を傾げながらヒタキへ問い掛けた。

ヒタキは通路の先を指差し、スライムが3匹こちらに向かっていることを告げる。

ヒバリの【ライト】が届かない薄暗い廊下の先、目を凝らすと、確かに弾みながらこちらへ向かって来る球体がいるような……。

「あら、準備運動にもなりませんわ。皆さん、ちょっと倒して来ますね」

「ど、どうぞ～」

まだ1階層目、大して進んでもいないのに弱い敵だとミィが溜め息を漏らす。でも戦いたいらしく拳を握り締めると、可憐な微笑みを浮かべ一気に走り出した。

ヒバリの返事と同時だったので、きっと聞こえてない。初級ダンジョンには罠が無いらしいけど、このままだと心配だ。

ミィの影が踊り、一方的な戦闘は1分もかからず終わった。

スッキリした表情のミィを回収し、ダンジョン探索を続ける。

レベル1～2しか出ない1階には、スライム、ホップラビなどの弱い魔物しかおらず、30分も歩くと2階へ上がる階段を見付けた。

「ツグ兄、初級は駆け足。宝箱あっても大した中身じゃないし、階段見つけたらすぐ上がる」

「あぁ、了解だ」

ヒタキに促され、活躍の場がないリグを片腕に抱いて階段を上がる。

妹達は早く初級ダンジョンをクリアし、中級ダンジョンに挑みたいらしい。

◆◆◆

2階、3階、4階を進み、小ボスがいると思われる5階に到着した。

どの階も階段の場所だけは違うけど、同じような単調な造りとなっている。どの階もだいたい約30分で攻略できるので、飛ばし飛ばし行こうと思う。


「あっ、なんかある！」


不意にヒバリが声を上げ、びしっと指を差す。

そこにはスポットライトを浴びたような感じで、宝箱がポツンと1つだけ置いてある。

ずっと薄暗い風景だと気が滅入るので、こんな風に変化があるとありがたい。

ヒタキが部屋をキョロキョロと見回しながら宝箱に近付き、ちょんちょんと指で突いた。

罠は無いんだろうけど、あったらどうするんだろう？　まぁ、ヒタキなら回避しそうだけど。


「……中身、ポーションだったらめっけもん」

「初級ダンジョンですものね、良い物があると思わない方がいいですわ」

「ん、開け……ん？」

ミィが宝箱を突くヒタキの隣に並び立ち、うんうん頷く。

どこか楽しげに、ヒタキはいそいそ宝箱を開けようとしたが、ピタリと手を止めた。そして俺の隣にいるメイに視線を向ける。

「メイ、これ、大鉄槌で叩いて。思い切り」

「え？　壊れちゃうよ？」

「めっ！」

(*￣ェ￣)ゞ
ヒタキの言葉を聞き、ヒバリが目を見開いて驚く。

だがメイは気にした様子はなく元気に鳴き、胸辺りから黒金の大鉄槌を取り出し肩に担いだ。てこてこと可愛らしく近付くと、あわあわしているヒバリの前で、大鉄槌を振りかぶった。

ん？　宝箱がちょっとガタガタしてるように見えるが、気のせいだろうか？

腹に響く大きな音を立て、大鉄槌が宝箱を叩き潰した。

その瞬間、ピコンッと聞き慣れた音が鳴る。

【5階小ボス、人喰い（ひとく）ミミック討伐成功！】

人喰い宝箱、ミミックの討伐に成功しました。討伐報酬として、贈り物（おく）をさせていただきます。

【討伐報酬】

木の宝箱風アイテムボックス（小）1個（この報酬はPTリーダーに贈られます）。

「小ボスだった、のか」

俺は思わず呟いた。

この魔物は宝箱に擬態して冒険者を待ち構え、無防備に近寄って来た所をバクリッと食べてしまうらしい。

誇らしげに胸を張り、腰に手を置くヒタキとメイの頭を撫で、ウィンドウを開いてアイテム欄を見る。

先ほど手に入れたばかりの【アイテムボックス】を取り出してみれば、それは片手に収まるミニチュアの宝箱。

蓋を開けてみると中身は真っ暗で、手を突っ込むとどこまでも入りそうな雰囲気だ。

詳しく調べてみたら、これは俺達が持っているインベントリの劣化版（れっかばん）だと分かった。

俺達のインベントリは、縦10×横10で計100スペースあり、それぞれに99個まで入る。

また、特定の魔物を倒したり、クエストをこなしたりすればスペースを増やせる。

しかしこの【アイテムボックス】は縦1×横10の計10スペースに、それぞれ9個ずつ。ぶっちゃけ、微妙か？


あぁでも、ラ・エミエールの住民にとっては、かなりのレアアイテムかもしれない。

いくらで取引されているのか知らないが、【アイテムボックス】のスキルを買うか、アイテムが出てくるまで粘るしか無いから、相当な値段が付くかも。

もしかしたらNPCとすごい仲良くなれるかもしれないので、贈り物にするのも良いかもな。


「小ボス倒せるなんてラッキーだったね！　さて、どんどん攻略してこうか～」


ヒバリがパチリと手を叩き、雰囲気を変える。こう言った会話も楽しいけど、今はダンジョンの中だからな。気を付けないと。

彼女の言葉に俺達は頷き、攻略を再開した。

◆◆◆

10階のボスがいる場所まで、ずっと同じことを繰り返した。

特筆すべき点としては、９階で普通の宝箱を見付けただけ。

中身はヒタキが言った通りのＨＰポーションで、数は2個。このままでは大した回復量にはならないから、あとで合成しよう。

やはり30分弱で階段を見付け、ようやく10階。

階段を上りきった場所はかなり広く、障害物などはなにもない。と言うか、壁や柱すらない。

首を傾げていると、後方と前方から大きな音が響き渡る。

振り返ると上がってきた階段は石壁で塞がっており、前を見ると、遥か前方も同じことになっていた。

「閉じ込められた？」

「うん、ボス戦だからね。倒すか倒されたらまた行けるようになるよ」

ヒバリの説明は適当すぎて分からなかったけど、一応頷いておいた。

だだっ広い部屋の中心に、黒いモヤが集まりなにかの姿を形成していく。見守っていると、どうやらボスは真っ黒な狼らしい。

輪郭(りんかく)のボヤけた真っ黒な狼は、俺達を睨(にら)み付けると部屋中に響く咆哮を放つ。

「今のわたし達なら簡単に倒せます。来ますわ」

「ふ、ふぅーん？　リグ、メイ、よろしく頼むよ」

後ろ姿しか見えないけどきっと良い笑みを浮かべているだろうミィと、静かにナイフを構えるヒタキ。俺は戦闘能力が皆無なので、やる気満々な2匹に頼む。

鞭の練習、暇な時にでもしてみようかな。あまり上達しそうにないけど。

狼が飛び掛かってくるのと同時にヒバリが飛び出し、バックラーで狼の攻撃を受け止めながら、スキル【挑発】で敵愾心(ヘイト)を集める。

ミィが素早く側面に回り蹴りを入れ、ヒタキが後方から斬りつけ、メイがミィとは反対側に行き、黒金の大鉄槌を叩き込む。

これ、袋叩(ふくろだた)きって言わないか？

(`>w<)

「シュ～」

俺の腕にくっついていたリグがいつの間にかいなくなっており、ヒバリの足元から蜘蛛の糸を吐いていた。

皆も激しく動いているのだが、身軽なリグは素早く動くから、踏まれることはない。

蜘蛛の糸はＭＰを込めれば込めるだけ、糸の量や強度が増すので、狼が忌々(いまいま)しそうにリグを睨む。


「どこ見てますのっ！」


ミィの声と同時に、ギャインッと狼が悲痛な叫び声を上げる。

リグに気を取られた隙に、ミィが思い切り蹴り上げた様子。

ボスとはいえ、まだ初級ダンジョンだし、こちらのレベルはボスより遥かに高い。

なので、もうボスはふらふらしていて、倒すのも時間の問題だと思う。

メイが黒金の大鉄槌を振りかぶり、思い切り叩き込む。

大鉄槌を持ち上げた時、狼はもう光の粒(つぶ)へ変わり始めていて、数秒後には霧散(むさん)してしまった。

物足りなそうな表情を浮かべるミィを尻目(しりめ)に、聞き慣れた音とウィンドウが開く。


【10階ボス、影狼(かげろう)討伐成功！】

影をまといし狼、影狼の討伐に成功しました。これでこの階にはいつでも出入りできるようになります。討伐報酬として、贈り物をさせていただきます。

【討伐報酬】

影狼の毛皮1個、牙2個（この報酬はPTリーダーに贈られます）。


「よぉぉしっ！　これで次回から中級ダンジョン！」

　俺のウィンドウをいつの間にか覗き込んでいたヒバリが雄叫(おたけ)びを上げ、持っていた剣を鞘(さや)にしまった。

　ヒタキもグッジョブポーズを決めており、ミィは嬉しそうに綺麗な笑みを浮かべた。

　初級ダンジョンは、一撃や二撃で倒せる敵ばかりで、ボスも袋叩き。消耗(しょうもう)したのは薄暗い場所の探索で滅入った心だけ。

　続けて中級ダンジョンに足を踏み入れても良いんだろうが、いったん帰ることにした。

　たとえヒバリやミィが行きたそうに、チラチラ上り階段を見ていたとしても、だ。

「さすがに突っ走る、駄目。いつでも行けるし、もっと事前情報仕入れてから」

「わ、分かってるよぉ」

「だ、大丈夫ですわ」

ヒタキに「めっ」と怒られ、しゅんと落ち込む2人。

ミィの場合は狼耳がパタリと倒れ、尻尾が力なく垂れるので可愛らしい。近寄ってきたリグを抱きメイと手を繋ぐと、ヒタキが俺に顔を向ける。

ふむふむ。俺が出入り出来る場所で「帰還」と言えば良いのか。では遠慮なく。

はっきりとした口調でそう宣言すれば、部屋いっぱいに淡く発光する魔法陣が出現し、一瞬にして塔の外へ運ばれた。

◆◆◆

転移した場所はダンジョンの入り口ではなく、どうやら裏手らしい。

前方に広い空間があり、ちょうど別の6人PTの冒険者が転移してきた。

このままじゃ邪魔になるだろうと、彼らに軽く会釈してその場を離れる。

「お、意外と時間経ってるんだな」

歩きながら空を見上げると、もう夕方に差し掛かっているようだ。ずっと薄暗いダンジョンにいたから、夕方の明るさでも十分に明るいと感じてしまう。

初級のクリアに掛かった時間は約5時間。比べようが無いけど、妥当なんじゃないか?

俺達はダンジョンの目と鼻の先にある噴水広場に足を運び、ベンチに腰掛ける。

ギルドに行ってクエスト報告するのもそうだけど、なにをすれば良いかなどを教えてもらわなくては。

その旨を妹達に告げると一応考えていたようで、口々に話してくれる。

「んー、HPとMPは減ってないから宿屋で寝る必要はないよね。ダンジョンって夜でも魔物が固定されてるから、フィールドみたく時間に気を使わなくても良いみたいだよ~!」

「情報収集。初級ダンジョンはサクサク行けたけど、中級から罠とかある。出来るだけ調べて、安全に攻略したい」

「そうですわね、アイテムやスキルの、買い増ししなくてはいけませんわ。特にヒタキちゃんには【罠探知】【罠解除】【マッピング】辺りを覚えていただけると、探索が捗る(はかどる)のですが……」

「【罠探知】は5万M、【罠解除】は8万M、【オートマッピング】は35万M。高い。けど欲しい」

「あと、腹ごしらえ! メーターも少なくなってきたし、詳しくは作業場で!」

３人の意見を参考にしながら、ふむ、と手を顎に添えて頷く。ヒバリの意見はちょっとしか参考にならないが、やはりそんな所か。

俺はウィンドウを開き、所持金を眺める。様々な出費が重なり、25万弱にまで減っていた。妹達に渡している金額は多くないので、回収してクエスト報告しても30万弱だろう。それが俺達の全財産。そのことを彼女達に伝えつつ、俺なりに考えた今後を話す。

「所持金も心許ないし、スキルは【罠探知】と【罠解除】を買おう。料理も少なくなってきたし作業場で作ってるから、その間に情報収集してくれ。あ、作業場の前に報告と買い物な」

妹達は俺の意見になにも言わなかったし、これで行こう。

そうと決まれば俺達はベンチから立ち上がり、ギルドへと足を向けた。まぁダンジョンが建っている同じ区画にあるので、数分歩くだけでいい。

そしてやはり、クエスト報酬は1万M弱と少なかった。

もちろん、もらえるものはありがたくもらう主義なので受け取り、スキル屋へ行って次はNPCの露店。

初級ダンジョンの攻略にあれだけ時間が掛かるなら、中級はもっと掛かるよなぁ。

ダンジョン内部で食べるかもしれないし、それを考慮(こうりょ)して手軽なものを作らなくては……あまり物と買った野菜をクレープで包む、とか？　うん、楽だしそれにしようか。

決まれば早い。露店で野菜や特売だった果物の苺をささっと買い、作業場へ向かう。

いつも通り簡単タッチパネルで作業場の個室を取り、まずはダンジョン探索で失った給水度と満腹度を満たすことにした。

ここの作業場は1時間３００Ｍ。もちろん、人数が増えればその分金額も増えてしまう。新しい街へ行く度にどんどん値段が上がり、出費が嵩(かさ)んできた気がする。


「今日はなに作るの？」


ハーブティーを飲み余り物の料理を摘(つ)まんでいると、隣に座っていたヒバリが口の端に食べ滓(かす)をつけながら問い掛けてくる。

思わず噴き出しながら口を拭(ぬぐ)ってやり、さっき考えたことを説明した。いつも通りパンでも良いんだろうけど、今回は趣向(しゅこう)を変えてみました的な。

さて腹も満たされたしやるか、と席を立つ。

クレープ生地を作るのに必要な材料はスライムスターチ、牛乳、砂糖、バター、卵。

フライパンで簡単に出来るから、今回は楽勝だ。ちょっと甘いかな？　と感じたら、砂糖は抜いても構わない。

今言った材料を全てボウルで混ぜる。薄く油を引いたフライパンを強火にかけ、十分に熱せられたと感じたら火を止め、先ほど作った生地を適量流し込む。そうしたら次は中火にかけ、ぷくぷくしてきたらひっくり返し、反対面にも軽く火を通せば出来上がり。

俺はその作業を何度も繰り返し、クレープ生地を30枚程度用意する。

中身は3種類で良いだろう。ちょっと思い浮かばないし。

用意する材料は鶏肉、トマト、レタス、マヨネーズ、クレープ生地。

レタスを適当に千切り、トマトを輪切りにし、鶏肉を茹で細かく裂く。クレープ生地にレタス、トマト、鶏肉をのせ、マヨネーズをかけてクルクルくるめば出来上がり。

ちなみにマヨネーズは卵、砂糖、塩、酢、油を用意すれば出来る。まず油以外の材料を容器に入れ、よく混ぜる。油を少しずつ入れ、さらに混ぜ合わせる。

混ぜるのはすごい大変だけど、STR特化のミィがいるので簡単だったよ。

2種類目は茹でた兎肉、チーズ、ハムで作り、3種類目は野菜炒めを作って出来上がりだ。

クレープ祭りにするのなら、おやつもクレープだな。

よし、ミルクレープを作るなら、生クリームから作らなければ。

どういう牛乳なら生クリームが作れるかというと、ノンホモ牛乳だ。この世界の牛乳はホモジナイズド処理をされていないので、作るなら最適かもしれない。

遠心分離機にかけるか放置することで、比重の軽い生クリーム分が分離して上部に浮かび上がってくるんだが、遠心分離機が作業台の隅に置いてあったのでそれを使う。

ひたすら分離して、ホイップしてもらうのはミィにお願いした。

そんなこんなで泡立てた生クリームを受け取り、味を見ながら砂糖を入れて軽く混ぜる。

包装紙をインベントリから取り出し生地、生クリーム、薄くスライスした苺の順に載せる。最後の生地になるまで同様の工程を繰り返し、完成。


「こんなもんか」

「いつもながら美味しそうですわ。早く食べたいと思ってしまいます」

「ありがとう」


クレープを包んでインベントリにしまい、使ったものを元の場所に戻していると、クンクン鼻をひくつかせたミィが笑顔で俺を見ていた。

力持ちのミィに手伝ってもらってばかりだったな。お疲れ様です。

テーブルに戻ると、出していた料理はあらかた食べ尽くされていた。まぁ新しい食べ物も作ったし、良いけど。

俺とミィも椅子に座り、ハーブティーを淹れる。

「ツグ兄ぃの絶品料理も作り終わったし、調べたことについて連絡会するよぉ～」

「中級ダンジョンなら、いくらでも情報手に入る。罠とかランダムだけど、期待してもいい。えっへん」

俺達がハーブティーを飲み終わるのを待ってから２人がウィンドウを開き、誇らしげに胸を張った。

ヒバリのなけなしの胸とヒタキの豊かな胸を見て、双子なのに……と、人体の不思議を再認識したっけ。って、それはどうでも良い。

「中級は初級とあまり変わらないんだけど、罠が出てくるよ。落とし穴だったり、天井が落ちてきたり、弓矢が飛んできたり。ランダムだから、ひぃちゃんのスキルに頼るしかないけど、問題ないね」

「ん。魔物はレベル21～90まで。小ボスは＋５、ボスは＋10くらいらしい。これもランダム」

「ごく稀に、ものすごく強いレイドボスなる魔物が出てくるのですが、こちらはマルチモードのみの仕様みたいですわ」

「あと仕入れたのは魔物の情報だから、探索してる時に話すね！」

俺達は時間が来るまで作業場で休み、再びダンジョンに向けて出発した。

◆◆◆

ギルドでクエストを受け、ダンジョンの入り口に立つ。

相も変わらず直立不動な男が立っているが、気にせず開かれたウィンドウを操作。

前回は【シングル】と【マルチ】しか選択肢が無かったけど、下部に【階数】を押す場所が増えている。

「10階にしたら、またボスと戦うのか？」

俺はふと首をひねる。

ヒバリが俺の止まった手元を覗き込みながら、なにをどう言おうか必死で考えているようだ。

「んっとね～、また1階から入り直した場合だけ、出て来るよ。どんな仕組みかは分からないけど、安心して」

「なるほどな」

なんとなく理解したので頷く。

10階から入るとボスを倒した状態でダンジョンの探索を始められ、1階から入るとボスを倒した状態がリセットされてまた戦える、ということだな。うん。

シングルモード、階数は10階を押してダンジョンの入り口を進む。

一瞬だけ薄い布を潜る感覚があり、次の瞬間には、ボスを倒した10階にたどり着いた。

「まずは、ツグ兄ぃの近くに【ライト】。あとちょっと明るさ足りなかったから、私の近くにも【ライト】」

この階に限ったことだけど、広々とした空間で意外と明るい。

しかしダンジョンの薄暗さは身をもって教え込まれたので、ヒバリがすぐに【ライト】を出現させた。俺も明るさが足りないと思っていたから、彼女の意見に全面同意だ。

「準備完了ですわね。さぁ皆様、参りましょうか」

ミィが嬉しそうに笑い、スキップでもしそうな足取りで歩き出す。俺たちは顔を見合わせ小さく笑い、彼女のあとを追った。

メイは壁を壊したことをまだ気にしているのか、黒金の大鉄槌は持たずにトコトコついて来る。とても可愛い。

大人2人くらいが並べる幅の階段を上ると、初級ダンジョンと構造がほとんど同じだった。

ああでも、こっちの方が全体的に苔むしているかもしれない。ヒバリの【ライト】を1つ増やしたので、前回より段違いに明るく快適だ。

【迷宮11階層目】

ヒタキが先頭に立ちスキルを使いながら先導し、ヒバリとミィが並んでその後ろにつく。

俺とメイはそんな2人の後ろに続き、リグは俺の腕の中。ヒタキのスキルがあるから、後ろは警戒しなくてもいい。これが通常の並び方。多分。

長々と歩いている途中に教えてもらったんだが、11階は虫系の魔物が出て来るらしい。

だけどこちらから攻撃しなければ無反応らしく、素通りできるそうだ。

現に、頭上をなにかが掠めているような気がしてならない。

ま、まぁ、ヒタキが大丈夫だと言うなら大丈夫だろう。

デタラメに歩きながら行く先々にある小部屋を覗くも収穫は無く、肩を落としていると上り階段を見付けた。

俺達のレベルで適正な階数は20階辺りらしいし、このペースで構わない……かな？

12階、13階、14階も似たような感じで、敵はミィがほとんど片付けていた。

それぞれの階の探索に掛かる時間は30分強。ちょっとだけ増えている。


【迷宮15階層目】


「まぁまぁ。噂には聞いていましたが、不思議ですわねぇ」

15階に上がっていると、先頭にいたミィが言った。

急いで階段を上ると、石造りの地面が１メートルくらい掘り下げてあり、俺の膝下までの水で満たされていた。

水を使った罠とか仕掛け放題だな。そんなことを思っていると、不意にリグがフードの中へ慌てふためいて逃げ込む。

あぁ、そうか。いくらリアリティ設定のお陰で雨を克服しても、大量の水は別か。

ってか、メイも身体の3分の2くらいが水に浸かっちゃうんだけど。

「リグはそのままで良いよ、メイは……抱っこ、かな」

いったんリグ達を休眠状態に戻すことも考えたけど、それはちょっとなぁ……と止めておく。

よっこいしょと、歳を感じさせる我ながら悲しい掛け声と共にメイを抱き上げ、楽しそうにはしゃぎながら水の中に入っていく妹達の後を追った。

濡れないのは嬉しいけど、不思議な感覚だ。

「ツグ兄、ここは水系の魔物が出て来る。私達は移動速度が遅くなるから、魔物が有利。気を付けて」

「あぁ、分かった」

ザブザブと音がして、一応抵抗感もあって足が取られる。

メイを抱いていることもあり、魔物が出て来ても咄嗟の行動は無理かもしれない……メイを抱いてなくてもできないかもしれない。ははっ。

もふもふを堪能しながら彼女達に続いていると、突如としてサブ武器であるスローイングナイフを構えるヒタキ。

投げられ、すぐさま回収されたナイフの刃先には、魚らしき物が突き刺さっていた。

「これが魚の魔物。名前はピニー、HPは雀の涙しかない。口にギザギザの歯があって、噛まれたら高確率で状態異常の出血に。ピラニアがモデル。多分」

「えーっと、出血状態は毎秒1%のHPが減っていくんだよ、ね？」

「えぇ、そうです。ピニーの出血時間は大したことありませんが、HPに気を配らないといけませんわね」

3人の解説を聞きつつ、ヒタキが持っている魚、ピニーをマジマジ眺める。口には立派なギザギザの歯が生えていた。

現実で噛まれたら指が噛み千切られそうなので、背筋がヒヤッとする。

数秒後、ピニーは光の粒となって霧散した。

所々にある松明とヒバリの【ライト】が水面を照らし、キラキラ綺麗に輝いているが、そのせいで水の中を見辛い。まぁヒタキがいるから大丈夫なんだけど。

しばらくザブザブ音を立てて歩いていると、ふよふよ～っと頼りなさげに漂ってくる白い物体が目に入った。

ヒバリやミィが武器を構えるも、ヒタキが反応しない。

彼女の方を見れば、不思議そうに首をひねっていた。なんだあれ？

「花？【気配察知】には引っかからないから、敵じゃない……と思う」

「ちょっとお花摘んでくるよ～」

ヒタキの言葉を受け、２人は武器をしまった。そしてヒバリが派手な音を立てながら水を掻き分け、白い花の方へと行ってしまう。

と言うかヒバリ、その言いようはトイレに行ってくる……みたいだぞ。

「甘い匂いのする花だね。えっと、ゆ、ゆう？　あん？　のロートス？　あははっ、よく分かんないや」

白い花を持って戻ってくるヒバリが、途中で考えるのを放棄して俺にその花を手渡す。

多分合ってるんじゃないか？

花は俺の拳ほどの大振りな花で、ヒバリが言っていたように微かに甘い匂いがした。

説明文を見るため、ウィンドウを開く。

【幽暗(ゆうあん)のロートス】
薄暗い場所でしか咲くことができない特殊な蓮(はす)の花。古くから煎じると体調不良を改善する飲み薬になると言われている。人型の水棲(すいせい)魔物の好物でもある。売値1500M。

へぇ、売値も結構な額だな。状態異常を治す薬とかになるのか？

片腕に抱いていたメイをよいしょ、と持ち直してヒタキを見る。

すると、俺と同じようにウィンドウを出していて、俺の視線に気づいたのかこちらに顔を向き小さく頷く。さすがヒタキ先生。

一つしか無いけど、ありがたくインベントリに【幽暗のロートス】を。次に作業場へ行ったら、調合してみよう。

気を取り直して数歩進んだところで、ヒタキが小さく声を上げてウィンドウを開く。

こ、今度はなんだ？

「【気配察知】が進化する。次は【気配探知】。やったね」

「おぉ～、やったね！」

どうやらスキル【気配察知】がレベル100になり、スキルが進化したらしい。簡単に言えば、スキルがより強くなりますよ～ってこと。

任意だから、進化できるレベルになってもそのまま使う人もいるみたいだが、大体の人は進化させるよな。

グッジョブポーズのヒタキに同じポーズを返してやれば、嬉しそうに前を向いた。

スキル【気配探知】の性能は、さすがと言ったところらしい。索敵範囲がグンと広がり、どこ辺りにどんな魔物がいて何匹かなど、比べものにならない情報が分かるとのこと。

「ん？　やっと小部屋だな」

「わ、長い通路だったね。やっとなにかあるかなぁ～」

15階に来てからずっと、俺達は長い水の通路を歩かされていた。

体感時間にして10分以上、かな？　あまり気にしてなかったから、大体だけど。

遠くに見える通路の先には、待ち侘びた小部屋への入り口が見える。

嬉しそうにヒバリが指差した。

心なしか歩みも早くなり、小部屋にたどり着くと俺は驚いた。

小部屋だと思っていた場所は大部屋で、水があるんだろうなと思っていたら、地面が上がっていて、普通の部屋になっていた。

興味深そうに妹達が部屋を見渡しているが、ただ部屋が大きいだけでなにもなさそうだ。

いや、そう言う時に限って何かあるのかもしれない。なので警戒だけはしておくか。警戒だけは。

部屋には水がないのでメイを下ろし、リグに声を掛ける。

(*>w<*)「シュ、シュシュ～」

(*^ェ^)「めぇめ！　めぇめ！」

リグは、ぷはぁといった感じでフードから顔を出し、地面に水がないのを確認して飛び出してくる。メイは……ちょっと分からん。

でも、すごく楽しそうなので良しとしよう。ずっと抱かれてるのも疲れるだろうし。

真剣な表情で大きな部屋を一周してきたヒタキが、またグッジョブポーズをするので、どうやらここには罠がない様子。

なにもないなら、とヒバリが石畳に座り込む。階層探索に掛かる時間も増えてきたし、給水度や満腹度、HP、MPゲージも減っているから妥当……かな。

ヒバリが両手を差し出し、期待に満ち溢れた表情を浮かべる。


「ツグ兄ぃ、クレープちょうだい！」

「あぁ、はいよ。多分一つでゲージ満タンだな。あとは、水筒（すいとう）」

「シュッ、シュシュッ！」(*°w°*)

インベントリから惣菜（そうざい）パンならぬ惣菜クレープを取り出し、ついでにハーブティーの入った水筒を渡す。

全員に惣菜クレープを渡し終わり、飲み物が行き渡った所でいただきます。

うん。なんとなく思いついた料理にしては上出来だ。

ちなみに、リグの分は俺が持って食べさせている。

パンダが笹を食べるみたいな姿勢をすれば、自分の手？　足？　で持って食べられるみたいだけど、そこまでさせるほど意地悪じゃない。

ものの10分弱でササッと食べ終わる。

ちなみにクレープのレア度は４。ＮＰＣの料理よりは美味しいことが証明された。

惣菜クレープを包んだ包装紙は消えるから良いとして、コップをインベントリにしまっていると、ヒバリが声を上げた。


「あぁっ、魚がいっぱい！　すごく、魚が、いっぱい！」

「……ん、大事なことなので２回言いました？」

「まぁまぁ、光に集まってしまったのかも知れませんわね」

「あぁ、それはあるな」


ヒバリがビシッと指差したのは唯一の入り口で、スキル【ライト】の光に集まってきたのか、たくさんの魚が集まっているようだった。

ヒタキが言うには大半の魚がピニーで、稀に違う魚がいるらしい。でもこんなに集まったら判別するのは難しく、面倒とのこと。というか、そんなにいるのか。

(;w;`)
「シュ～」

怖いもの見たさなのか、俺の膝からリグが離れ、水面を覗いてすぐに帰ってくる。顔文字から推測するに、やっぱり水は駄目らしい。

まぁ、俺も台所に出てくる黒光りした虫が苦手だからなにも言うまい。あれが出て来る家になんて、人が住めるとは到底思えない。

さて、どうしようか悩んでいると、ミィが優雅な仕草で立ち上がった。口元に優しげな微笑を浮かべ、握り拳を作ると数回突き出す。

表情と動作が全く合っていない気もするが、慣れてきたので大丈夫だ。むしろ、楽しそうでなにより、ってな。

「ここしばらく、通常攻撃しかしておりませんでしたわ。なのでちょっとぶちかましてきます。ちょうど良い技を覚えましたの」

心底楽しそうな笑みを浮かべてミィはそう言い、ピニーとその他の魚が集まる部屋の入り口まで行ってしまう。

そしてすぐさま聞こえてくる、ミィの声と派手に水飛沫が上がる音。

魚を倒すのは骨が折れそうだ、と思った俺が間違っていた。これなら大した時間も掛からず、探索を再開できるかもしれない。

「えーと、私達には剣術や短剣術の武器スキルを極(きわ)めて覚える技と、スキル屋で買う単品技があるよね。武器技はスキルレベルを上げると勝手に使えるようになって、単品技は武器技より強くなるけど、レパートリー増やしたいなら……」

「ん、スキル成長枠がかさ張るから、単品技は何個も入れられない。私達、器用貧乏で良い。大丈夫」

「んんん～、でもなぁ……」

良く分からないから双子の会話には参加せず、手伝えることが無いから戦闘にも参加しない。

……なんだか前門のヒバリとヒタキ、後門のミィって感じだ。

一瞬リグの糸で網(あみ)を編んで、一網打尽(いちもうだじん)にすれば良いんじゃ？　とも思ったが、労力に見合わないしなぁ。俺は全力でリグとメイを愛でよう。

「終わりましたわ。ツグ兄様、失ったＭＰの補充をお願い致します。ドロップしたアイテムは、後ほどツグ兄様に渡しますわね」

「あぁ、お疲れ様」

こちらも体感時間にして約10分。

機嫌良さげなミィが軽やかな足取りで帰ってくる。彼女は俺の前に座ると、片手を差し出した。

【MP譲渡】をすべく、労いの言葉を掛けながらミィの手を握る。

使ったMPは大したことないし、即座に回復したのでミィの手を放す。

ヒバリとヒタキが立ち上がって身体を解し始めたので、俺もメイの脇に手を入れ立ち上がらせる。

リグは……と視線を向ければ、首を傾げられた。可愛い。

「また水の中を歩くけど、フードの中に入らなくていいのか？」

「シュ～」(*^w^)

「お？」

リグは困ったように辺りを見渡し、諦めたように俺の身体を登っていくが、フードの中に戻るかと思いきや、どうやら違うらしい。

フードを通り過ぎ俺の頭をがっしり掴むと、これでどうだと言わんばかりのドヤ絵文字。楽しそうでなにより。

リグが良いと思っているならそれで良い。俺はリグを落とさないよう気を付けながら、心の中でよっこいしょ、と掛け声をかけメイを抱き上げる。

これで準備完了。妹達に大丈夫だと告げれば、またザブザブしながら探索開始する。

でも結局、小ボスも見つけられず、他にめぼしい部屋もなく、ただ水に満たされた長い廊下を歩かされただけ。

階段を見つけてしまったので、15階の探索は終了。


【迷宮16階層目】


薄暗い階段を上がり、16階へ。

そこは石造りのダンジョンではなく、鬱蒼（うっそう）と暗色（あんしょく）の木々が生い茂る森だった。

辛（かろ）うじて照明の役割を果たしていた松明すらなく、ヒバリの【ライト】も木々に邪魔され、奥まで光が届かない。

「んん～。た、確かここは2階層ぶち抜きだったよ、ような？　もっ、森を抜けると傾斜のある草原みたい」

「へぇ、ちゃんと調べたんだな。まぁ、俺の後ろに隠れてなきゃ、もっと褒めたんだけど」

一番最後に階段を上がりきった俺に、コソッと近寄るヒバリ。

軽口を叩こうとしながらも彼女の表情は険しく、胸を張りながらも俺の後ろに隠れてしまう。

こういった、いかにもな雰囲気の場所は苦手だからな。

へっぴり腰のヒバリに頼み、【ライト】を人数分用意して暗い森の中を進む。

辺りは不気味なほど静まり返っており、スキル持ちのヒタキが言うには、森に虫が1匹もいない……とのこと。

ちょっと楽しそうな表情を浮かべているから、なにかあるんだろうなぁ。

楽しそうだな、ヒタキ。

調べた癖にビビり腰なヒバリと、ビビり腰を見て楽しんでいるヒタキを見ていたら、いつの間にか、リグとメイが俺から離れてミィの近くにいた。

「めめ！」

「シュシュ！」

「リグもメイも、前回は全然動けませんでしたものね。この階は広々していますので、わたしと一緒に思う存分運動をいたしましょう？」

水が無くなり、２匹は俄然やる気を見せている。ミィは通常営業だが。

乱雑な木々に視界を遮られ、手入れのされていない地面はデコボコしていて、ものすごく歩き辛い。ヒタキが大丈夫だと言っても、やはり暗く静かな森は不気味だ。

「暗いな……」

思わず呟きながら、キョロキョロと辺りを見渡す。ううむ、なにもない。いや、なにかあっても困るけど。

ザクザクザクザク、と草を踏みしめる音だけが続く。

なぜ誰もしゃべらないのか？　と疑問があるだろうが、良く話すヒバリは俺の後ろに隠れて縮こまっているし、その他は楽しげに周囲を見渡しながら歩いているから。

入り口から真っ直ぐ歩き続けて数十分後、不意に視界が広がる。

とは言っても、鬱蒼とした木がなくなっただけで、薄暗さや歩きにくい地面は変わらない。むしろ視界が開けたことにより、不気味さが増したと言っても良いかも。

　その時、乱雑に生えた雑草の中に、点々と歪な円状の地面が見えた。誰かがここを掘り返していた、ということだろうか？

　でも、その箇所は不自然なほどにたくさんある。意味が分からず首を傾げていると、なんとも言い難い匂いが漂ってきた。


「……この匂いは？」


　何回か嗅いだことのあるような気がするけど、なんだったかな？

　あれは確か、仕事で数日出掛けないといけなかった時。両親はいないし、年端もいかない妹達を残して行くことに俺は渋ったんだが、妹達は無駄に自信満々で大丈夫だと言った。

　近くにはミィの家もあるし、困ったことがあれば頼るんだぞ、と念を押したっけ。

　諸々は省くが、仕事から帰ってきた時、玄関の鍵を開けると妹達の靴があった。

　あぁ、いるんだなと思いながら、リビングに繋がる扉に手をかけようとして、ピタリと手が止まった。なにかが腐敗したような匂いが漂い、臭い……。

理由は簡単。

ダークマターを生成し、どうすることも出来ずに放っておいたんだ。

暖かい季節であったことも助け、ダークマターは腐り、なんとも言い難い腐敗臭が充満していた。

もちろん、小一時間説教した。

そんな記憶を思い出した俺は、思わず鼻を押さえた。

見れば妹達も俺と同じ格好をしている。だが一人だけ、鼻を押さえながら器用にグッジョブポーズしており、二度見してしまう。

「わたひは、もひにてひはひなひっていっらへ（私は、森に敵はいないって言っただけ）」

もちろん、そんなことをするのはヒタキだ。

今の戦闘能力なら、事前に伝えなくても対処できるんだろうけど、黙っていたことに軽くチョップをした。

その時、ヒバリが大きな声を上げた。いきなりだったので、驚いてビクッとしてしまったのはご愛嬌（あいきょう）、だ。

「どうした？」

「思い出した！　ここの魔物って、確かゾンビ！　だったら大丈夫！　よぉし、ガンガン狩っちゃうぞ～！」

　振り返りながらヒバリを見ると、さっきまでのビクビク具合はどうした？　と聞きたいくらい元気になっていた。

　ええと、死霊系の魔物には、光属性の魔法を使えるヒバリは相性が良いからな。

　この臭さは無駄にリアリティがあって、できるだけ嗅ぎたくないが、妹達が楽しいなら。楽しいなら……。

「あら、ヒバリちゃんは忘れておりましたの？　わたし、ツグ兄様をビックリさせるために、演技しているんだと思いましたわ」

(´>w<)

「シュ～」

(´・ェ・`)

「めっ！」

　片頬に手を当て、軽く溜め息をついてから、ミィは慈愛に満ちた笑みを浮かべる。彼女の言葉に同調するように、リグとメイが声を上げた。

のんびりとしていたら不意に腐敗臭がキツくなり、音がするようになった。がりっ、がりっ、がりっ、なにかを必死で引っ掻いているような音。

その音が聞こえた瞬間、妹達の空気が変わり、武器を構えて警戒を始める。

リグはミィの元から俺の腕に戻ってきて、いつでも糸を吐ける態勢となり、メイはそのままの場所で黒金の大鉄槌を構えた。


「皆の武器に【光の加護】かけて、よっしゃどんとこい！」


ヒバリが盾を構えながら、皆の武器に光属性を付与する魔法をかけた。

地味な魔法らしく、目を凝らさないと俺では成功したのか分からない。うっすらと武器が光っているような気がするので、成功だろう。

ヒバリが大声を上げると、待ってました！　と言わんばかりに音が大きくなり、草の生えていない剥(む)き出しの土が大きく盛り上がった。

その直後、一段と酷い腐敗臭がして手が生える。

手が出れば腕。上半身が現れると地面に手をついて、一気に身体を引き上げた。

至る所で土の中からゾンビの魔物が這い出して来て、自分がホラー映画に登場する哀れな一般市民になった気分だ。

薄暗いままならまだ良いだろうが、今は【ライト】を増やした後だ。

白く濁った目に、蛆虫が這い回るどす黒い肌。細部まではっきり見えてしまい、ちょっとゲンナリしてしまう。

「残酷な描写減」にチェックを入れてあるから、まだこれで済んでるんだと思おう。

「さすがに殴るのは嫌ですわ。蹴り主体で戦わせていただきます」

「そうだね。なんか変な汁とか付きそうだもんね～」

「ん、じゃ先制。ゾンビは光と火が弱点。だから【ファイヤ】」

後ろ姿しか見えないから、表情までは分からないけど、3人が俺と似たような気持ちなのは伝わってきた。

まず最初に動いたのはヒタキで、初めての火魔法スキルを発動する。

いつもはミィが率先して魔物に突っ込んで行くが、さすがに近寄りたくないらしい。同感だ。

発動した【ファイヤ】は一番近くにいたゾンビを捉え、瞬く間に燃え上がらせた。

だがゾンビはレベル40～43なので、【ファイヤ】一撃で倒せるはずも無く、HPを半分程度削っただけに過ぎない。

怯む様子のないゾンビの姿を見た妹達とメイは、ゾンビに向かって武器を構え走り出した。

「ふぁぁぁぁぁ、近付くともっと臭い！　鼻が曲がっちゃう！」

「ヒバリちゃん、口呼吸に変えてくださいまし。楽になりますわ」

「おおおぉぉ！」

騒ぎながらゾンビと戦うヒバリに、楽しそうに小さく笑いながら助言するミィ。お手数お掛けします……。

ヒタキはメイと一緒にゾンビを相手にして、【ファイヤ】と短剣、投げナイフを上手く活用している。

メイは言わずもがなのオーバーキル。

俺とリグはというと、目についたゾンビを糸でぐるぐる巻きにする、簡単なお仕事をしていた。

◆◆◆

「よし、こっちも巻いたぞー」

「はぁい！」

群れていないゾンビを、リグの糸でぐるぐる巻きにして、少し離れた場所で他のゾンビを相手にしている妹達に声をかけると、ヒバリからの元気の良い返事があった。

あとは彼女達が倒してくれるのを待つばかり。

おぉ。改めて辺りを見渡すと、あれだけワラワラワラワラと土の中から現れたゾンビがかなり減って、もう俺とリグの出番はないように思える。

そして五分と経たずに、目に見える範囲からゾンビがいなくなったので、一応、魔物退治は終了した。

まだいるかもしれないが、できるだけ早く次の階へ行きたい。精神衛生上、良くないし。

武器を思い思いにしまいながら、妹達とメイが帰ってきた。

ホクホク顔のミィは放置で良いけど、ヒタキがちょっぴり眉を顰(ひそ)め、ウィンドウを覗いている。

「ん、ドロップのアイテム。腐った肉、ボロ布……ゲームだとしても持っていたくない」

あぁ、うん。それは俺も同感だ。

俺もヒタキに倣（なら）ってウィンドウを開きアイテム欄を押せば、メイが倒したゾンビの、腐った系アイテムが並んでいた。

ヒバリやミィも同様の動作をし、ドサドサッと腐った系アイテムは俺達の足元に転がった。

腐った肉やボロ布には、当たり前だがゾンビの臭いが染み付いており、思わず鼻を摘まみたくなるほど。

だが規定の秒数待てば光の粒となって消えるので、それまでちょっとだけ我慢すればいい。

普段だったらもったい無い、と言う立場の俺でさえ、要らないと断言しよう。

「さて、ゾンビ退治も終わったことだし次の階に行きますか！」

「ええ。移動にグズグズしていたら、また戦うことになるかも知れませんもの。臭いや諸々、染み付いてしまいそうですわ」

(;ェ;`)

「めぇめ」

アイテムが消えたことを確認すればヒバリが元気良く両手を叩き、ミィが同感だと言わんばかりに頷いた。

「臭いや諸々」の所で、メイが心底その通りだと何度も頷いている。

諸々？　諸々ってなんだ？　腐っているから汁とか？　……嫌だな。

「んー、次は18階か」

次の階に行くことが決まれば、俺達は部屋に広がる饐(す)えた臭いから逃げるように歩き出す。

広場から直線上に目線を向けると簡単に階段を見付けられたから、ぼんやりと考えごとをしていても大丈夫。

もうウトウトし始めているリグを片手に抱きかかえ、ウィンドウを開く。

結構時間経ってんだな。現実の時間ではまだまだだから別に構わないんだけど、20階でいったん切り上げさせた方が良いんだろうか？

現実とゲームは勝手が違うから分からない。まぁ、妹達に任せればいいか。


【迷宮18階層目】

階段を上がると、目の前に広がるのは下の階と変わらない風景だった。

暗闇で、不気味な雰囲気があり、どこか肌寒い。

ヒバリの【ライト】が届く範囲だけでも無数に薄汚れた墓が並んでいた。

下の階ではゾンビが出てきたので、そんなにゲームをやらない俺ですら、待ち受ける魔物がなんなのか想像できた。

下の階で少しは耐性がついたのか、ヒバリは据わった目で暗闇を見つめている。ぶっちゃけちょっと怖いかもしれない。

無数に点在する墓の横を抜けながら、俺達は階段を求めて歩き出す。


「ここ、魔物は幽霊か？」


念のため、前を歩く妹達に声をかけると、ヒタキが微かに顔をこちらに向けて頷く。

おぉ、合ってた。

「名前はスピリット。ＨＰは大したことないけど、ＨＰとＭＰを奪うスキル【死者の指先】を持ってる」

ポーションがあるから大丈夫だとは思うけど、少しばかり厄介なスキルを持っているんだな。

一匹では大したことなくても、大量の魔物にそのスキルを使われたら、一瞬でHPとMPがなくなっちゃうかも。

「魔法は抜群に効きますが物理攻撃はあまり効きませんので、物理攻撃しかないわたしとは相性が一番悪い魔物ですわ。リグやメイも、ですわね」

幽霊と言えば、魂のみの存在で普通の人間が触るのは難しい、の認識でいいか。

ミィの補足に軽く頷きながら納得していると、リグとメイが、見るからに肩を落としていた。

幽霊系の魔物が倒せないだけじゃないか。俺なんて魔物全般が倒せないんだぞ……なんか、自分で自分を貶めてる気分だ。

「あ、ツグ兄。すぐしゃがんで」

「ん？　……ん？」

しばらく歩いていると不意にヒタキに言われ、俺は素直にしゃがみ込む。

すると、青白い靄のような物がすぐ頭上を通過し、残滓と思われる冷たい風が髪を揺らし頬を撫でた。

わけが分からずポカンとしていると、「間一髪でしたわね」とミイが手を差し出してくれた。

俺はその手を取って立ち上がる。

「ツグ兄、今のがスピリット。む、いきなり現れる。教えるの遅くなるかも。ちょっと相性が悪い」

あぁ、あれが幽霊の魔物スピリットか。

立ち上がって辺りを見渡して見るも、ヒバリの【ライト】の範囲内にはなにもおらず、圏外は暗闇なので諦めるしかない。

何事もなかったが、心配そうな表情を浮かべるリグとメイの頭を一撫でし、また歩き出す。

ヒタキが言うには、スピリットはいきなり現れて、いきなり消えるそうだ。

仕方ないって感じだけど、ヒタキは悔しそうな表情をしている。

あ、出鱈目に歩いていたら壁にぶつかった。

えーと、確かあっちから来たから、壁伝いに行った方が効率的か、な？

いろんな意味で幽霊系の魔物が苦手な俺達だから、さっさとこのエリアは抜けてしまった方がいいだろう。


「うーん」

「どうした？」


壁伝いに歩いていると、今の今まで黙々とついて来ているだけだったヒバリが急に唸り出す。

俺がヒバリの顔を覗き込んでも全く気付いていないようで、顔の前で手をひらひらさせても反応がない。

次の瞬間、いきなり笑顔になったヒバリが、近くに俺の顔があることに気付いて驚いたのか、数歩後退った。


「びっ、びっくりしたぁ！　ど、どどどうしたのツグ兄ぃ」

「どうしたの、はこっちの話だ。いきなり唸り出したから心配で、声をかけても無反応だし」

「ご、ごめん。でもね、良いこと思いついちゃったの！　ほら、真っ暗な墓場だから怖いんだと思うの。だから強い【ライト】でもっと辺りを明るくしたら、怖くなくなる！」

「……うん。そうだね」

俺は思わず数秒押し黙り、棒読みの返事。

ヒタキとミィに目を向ければ、まぁヒバリだから……とでも言わんばかりの、生暖かい眼差しでこっちを見ていた。

歩きながらでも大丈夫！　と、元気を取り戻したヒバリがたくさんの【ライト】を作る。

思い付きだったのに、壁伝いに歩いたことが功を奏したのか、10分くらいで階段を見つけることができた……のは良いけど、この大量の【ライト】をどうすればいいのか。

【迷宮19階層目】

幽霊エリアを抜けて階段を上がり、ようやく19階に到達。

ヒバリによって大量に作り出されていた【ライト】は、俺達が責任を持っていただき……じゃない、ヒバリに適切な量だけ残して消させた。

ＭＰの無駄遣いだが、今まで大して使ってないのでまあ良いか？　って感じだ。

この階は、下の階とは打って変わり、石の天井と壁に囲まれていた。もう死霊系じゃないんだろうなぁ。

やがて、どこからかガッチャガッチャと金属がぶつかり合う音が聞こえたので、俺は思わずヒタキを見てしまう。

困った時、どうしたら良いのか分からない時の頼みの綱。ヒタキ先生、ご教示のほど、よろしくお願いします。

「ここも、死霊系の魔物が出る。ここは骨だけの魔物、スケルトン。錆びた鎧とボロボロの剣、棍棒とか持ってる。でも、所詮骨。私達には弱々だから他愛ない」

俺の思っていることが伝わったのか、ヒタキが俺の隣で解説してくれた。

骨だけの魔物スケルトン、か。

それより「他愛ない」なんて言葉、どこで覚えたんだ？

「骨だけですので、打撃系のわたしとメイの得意分野ですわ。騒音を気にするほどの知能もまだありませんし、わたしの耳でもスケルトンとの距離感が掴めます」

少し前を歩いているミィが、チラリとこちらを見ながら口を開いた。ちなみに一番前はなぜかヒバリ。スケルトンは倒せるから怖くないらしい。

なんとなくだが、骨には剣撃より打撃の方が効きそうな気はする。

リアルに、蹴りでバットを折れるミィの攻撃力は、言わずとも分かるだろう。あ、俺がそのことを知っているのは内緒だ。

話しながらも、すでにミィの狼耳はピーンと立ち、忙しなくちょこちょこ動いている。

俺も耳を澄ますと、ガッチャガッチャと騒々しい金属音が、だんだん近づいて来ているのが分かった。

数分も歩かないうちに、ヒバリが先行させていた【ライト】の範囲内にスケルトンが入り、その全貌が明らかとなる。

人間タイプの骨格の魔物で、ぼんやりと【ライト】に照らされると、暗く窪んだ眼窩が、恐怖心を誘うかもしれない。俺は大丈夫だが。

骨は茶褐色に薄汚れ、土やよく分からない物が付着している。骨の身体にまとっているのは、今にも壊れそうな金属鎧で、手には錆にまみれた刃こぼれの激しい片手剣。

ある程度の距離まで近づいてきたスケルトンは足を止め、なぜか口を開いたり閉じたりして、カタカタと音を立てている。

攻撃してこないならさっさと倒して先に進みたい、と言わんばかりに、ヒバリが手を上げた。

「一匹だけみたいだね。私が先制しても良い？　光魔法で瞬殺！」

んー、遠距離から弱点属性の魔法を叩き込めるヒバリの方がミィやメイより強い……か？

「ん、どうぞ」

「よしきた！　んじゃあ、いっきまぁーす。【光矢】！」

ヒタキに許可をもらうと、嬉しそうにヒバリは人差し指を突き出し、光魔法のスキルを叫んで振り下ろした。

その動作と連動するかのように、明るく輝いた光の矢がスケルトンに突き刺さる。

軌道(きどう)は少し左にズレてしまったが、突き刺さった瞬間に眩(まばゆ)く光り、スケルトンの二の腕と肩の大部分が消失し、持てなくなった剣がガシャンと地面に落ちた。

自分の腕と肩が消失したと言うのに、スケルトンは怒った様子もなく、依然(いぜん)としてカタカタと口を鳴らしている。

「んー、こんなもんかなぁ」

ヒバリはちょっと納得していない口振りだったが、ミィやメイに許可をもらい、もう一度【光矢】を放つ。

それは頭蓋骨を捉え、スケルトンは光の粒になって霧散した。

カタカタと音を鳴らすだけのあいつはなんだったのか、今となっては分からない。ぶっちゃけどうでも良いか。

ヒタキにスキル【気配探知】を使ってもらうと、他のスケルトン達はまだ遠くにいるらしい。まぁ来ても簡単に倒せるみたいだから、イレギュラーがない限りは大丈夫だと思われる。

あぁそう言えば、あとテイマーをレベル5あげれば新しいテイム枠が増える……んだったよな。

前回のテイムがかなり昔のことのように思えてきた。

新しくPTに入れるなら、リグやメイを休ませなきゃならないからちょっと寂しいけど、俺達が弱い分野の魔物とか……んー、難しい。

ゾンビの大量襲撃がなんだったのか、と思えるほど、この階のスケルトンは出て来ない。

スキル【罠探知】は良いとして、スキル【罠解除】が虚しくなるくらい罠もない。


「ほぁ⁉」


そんな中、ウィンドウを見ながら歩いていたヒバリが奇声を上げた。

初の罠にかかったんだろうか？　赤飯炊いてやろうか？


「どうした？　罠か？」

「え？　違うよ。ほら見て！」


俺が声を掛けると、ヒバリは勢いよく振り返り、見ていたウィンドウを俺に向けた。

って、グイグイ押し付けるようにしたら見にくいだろう。

ええとなんだ？　アイテム欄が開いてて、見慣れないアイテムは……。


【スケルトンの骨粉】

なんらかの骨を粉砕した物。主成分はリン酸石灰、たんぱく質、カルシウム。農地に振り

かけても残念ながら一瞬では育たない。栄養豊富。

【スケルトンの魔法石】

スケルトンの体内で生成された茶褐色の魔法石。極稀にしか採取できず、あまり市場には出回らない。武器や防具の強化素材、錬金術の素材、MP補給などの用途に用いる。保有魔力量、残り47。


多分、後者のやつに興奮してるんだよな。

こういう素材を使えば、防具としてはいささか不十分な、俺の作った服も強化できるって言ってたな。

ヒバリに取り出してもらい手に取ってみるも、残念ながら俺には、琥珀やトパーズといった宝石にしか見えなかった。

ふんふん鼻息を荒くして興奮するヒバリを宥めながら、俺は自身のインベントリにそれをしまった。アイテムを持って来たのはヒバリだが、この魔法石を使うのは俺の仕事だ。

「ヒバリちゃん、スケルトン。その先に階段。次はボス戦、気合ふんす」

「え？　あ、う、うん！」

少し歩いた所でヒタキが教えてくれ、まったりした雰囲気が一変する。

どうやらスケルトンは大量にいるらしく、どんどん騒々しい金属音が大きくなってきた。

剣と盾を構えながら、光魔法をいつでも使えるよう目を凝らすヒバリに、ささっと俺の隣に来て短剣を構えるヒタキ。

ヒバリより前に出て拳を握り締めるミィと、少し離れた場所で胸のもふもふから黒金の大鉄槌を取り出して担ぐメイ。

リグは俺の専属護衛を頼んでいるので、ダンジョンを攻略している間、ずっと俺の腕の中にいる。

やがて姿を現したのは、両手の指で数えられるくらいのスケルトンだった。

臨戦態勢のミィは、もう駆け出している。

それにメイが続き、黒金の大鉄槌を振りかぶる。その攻撃はいつも通り、惚れ惚れするような一撃必殺だ。

大した時間もかからずにスケルトンの群れを倒し終わり、俺達は20階への階段に向けて歩き出した。

「20階のボスはネクロマンサー。ゾンビいっぱいと、スケルトン数体が出る。ネクロマンサーを倒さないと、ずっとゾンビを倒すことになるから、さっさと倒したい」

相変わらず薄暗く長い階段を上っている途中で、20階のボスについてヒタキが口を開く。
先を歩いていたミィが軽くこちらを向き、うんうんと頷く。

「ネクロマンサーは死霊使い、ですからね。早めに一点突破して狙った方が良さそうですわ」
「あぁ……敵がいっぱいいるなら、ヒバリとヒタキの魔法とか、メイの技を使ってみるのも手かもな」

階段を上る足を止めずに、俺は思い出したように提案した。
あの技は結構強くて使い勝手が良さそうだし、ここには俺達しかいないので周りに迷惑がかからない。楽に倒せるならそれに越したことはないから、一応頭に入れておこう。

(`・ェ・´)b
「めっ！」
俺の発言に元気良く返事をしたメイに笑い掛けて顔を上げると、そろそろ目的の20階に着きそうだ。それに伴い微かに漂ってくる、嗅ぎ慣れないすえた臭いと、どこか甘ったるい香り。

ヒタキ先生によると、ネクロマンサーが使う反魂香(はんごんこう)の匂いらしい。良く分からん。

【迷宮20階層目】

「私はゾンビとスケルトンを、【挑発】スキルで引き付けるね。んんと、ツグ兄ぃは下の階でやったみたいに、リグの糸でゾンビ達をぐるぐる巻きしてくれると嬉しいな」
「了解」
「シュシュッ！」

(｀>w<)

散らばるように倒れているゾンビの群れと、怪しい儀式真っ最中な黒いローブを着た多分ネクロマンサー。その両脇には2体のスケルトンがおり、まるでネクロマンサーを守るように立っていた。
いつも通りと言える作戦を聞きながらヒタキを見れば、なにやら考え事をしているようだ。
「私は……」

そう小さく呟き、ヒタキはなにやら良いことを思いついたような表情を浮かべ、手のひらに拳をポンッと載せた。そして闇魔法を使う。

次の瞬間、黒い光と影が周囲から集まり、犬のような姿を形作った。あぁそう言えば、この前教えてもらった魔法一覧の中に、こんな魔法があったかもしれない。

「これならPTの枠は使わない。使い捨てだから少しもったい無いけど、ボス戦は過剰戦力で一網打尽」

『わふん』

親指を上げてドヤ顔をするヒタキに、俺もグッジョブポーズを返す。

ミィとメイはやる気満々だし、ヒバリはいつの間にか皆の武器に光の加護を掛けたらしく、武器が微かに光り輝いている。

ヒタキは言うまでもなく、リグも大丈夫。って言うか、この黒わんこ、鳴くんだ。

「よし、じゃあやるか！」

俺の声に一番早く反応したのはヒバリで、敵陣ど真ん中に走り込む。

突っ込んできたヒバリに反応してゾンビが起き上がった瞬間、スキル【挑発】を発動する。

どうやら【挑発】の範囲はどんどん広がっているらしく、少し離れた場所にいるスケルトンもヒバリへと向かって行った。

さすがのヒバリでも、ゾンビの群れとスケルトン2体を相手取るのは難しいらしく、ジリジリＨＰが削れていってるのが分かる。ポーションは飲んだり被ったりしないといけないので、魔法でＨＰを回復しているが、ＭＰが無くなったらそこで終わりだからな。

「あら、さすがに多過ぎますわね。わたしとメイでスケルトンを殺りますので、ヒタキちゃんとワンちゃんでネクロマンサーを殺ってくださいまし！」

「ん、了解」

それを見たミィはすぐさま作戦を変更し、メイとゾンビの群れを迂回して両壁に沿って走り、奥にいるスケルトンを目指した。

ヒタキはミィに返事をすると同時に、シャドウハウンドを従えて走り出し、ネクロマンサーを目指す。

妹達とメイが上手く立ち回ってくれているお陰で、俺とリグの方にゾンビが来る気配すらない。

これなら安心して群れているゾンビ達をリグの糸でグルグル巻きにできる。

その前に自分のMP残量を確認して……って、ほぼ満タンだ。

「リグ、たくさんMP使って良いから、頑丈な糸でアイツら巻いてくれるか？」

(｀・w・)ゞ
「シュシュッ！」

腕の中でやる気満々な雰囲気を醸し出しているリグから、元気な声が返ってくる。リグは準備万端だ。

俺は抜き足差し足忍び足を心掛け、ヒバリの【挑発】に掛かってこちらを見向きもしないゾンビの1匹に目をつけると、リグに「やっておしまい」と合図を出す。

途端、リグが思い切り蜘蛛の糸を吐き出し、数秒でゾンビの簀巻きの出来上がり。

1匹簀巻きにする度に、リグのMPは2割くらい削れてしまう。

妹達は忘れているかもしれないけれど、リグって最弱と名高い魔物の1匹なんだよなぁ。

レベルはメキメキ上がるけど、HPとMPがね、うん。

まぁすごい頼もしいことに変わりは無いから良いとして……あ、もう1匹簀巻き入りましたー。

ゾンビが群れてるから、俺がある程度まで近付くだけでリグの餌食なるんだ。

リグの糸って良く飛ぶし、よしもういっちょ。

この辺りでリグのMPが心許なくなって来るのでスキル【MP譲渡】。

「わぁ、簀巻き祭り、お疲れ様～」

「ほとんどリグの手柄だな」

「シュシュ～」

ヽ(*・w・*)ノ
しばらく無心でリグと簀巻きの量産をしていたら、どうやら戦いは終わっていたらしく、盾を定位置に戻したヒバリが面白そうに笑い声をあげながら近づいて来た。

辺りに転がりウネウネと動くゾンビの簀巻きを倒して回ると、やる気の無いファンファーレと共にウィンドウが開いた。


【20階ボス、ネクロマンサーとその仲間たち討伐成功！】

闇に魅入られしネクロマンサーと闇に囚われし仲間達の討伐に成功しました。これでこの階にはいつでも出入り出来るようになります。討伐報酬として、贈り物をさせていただきます。

【討伐報酬】

反魂香2個、闇に魅入られし布（この報酬はPTリーダーに贈られます）。

「反魂香2個に、布1枚……」

リグを腕に引っ付けてからウィンドウからアイテムを取り出して見てみれば、甘ったるい匂いのする香とツルツルした触り心地の良い布。

素人(しろうと)の推測ではベルベットか、シルクかレーヨンか……。

闇に魅入られし布って、もしかして真っ黒に染まっているから？　ははははは。

反魂香は超ウルトラスーパーレアな低確率で、死者をこの世へ呼び戻すことができるみたいだけど、死んだらすぐ最寄(もよ)りの安全地帯に送られる俺達には、意味が無いようにも思えた。

俺の手元を覗いていたヒバリは、仕切りに首をひねる。

「んー、あんまりお金になりそうもないねぇ。ハズレ引いたかなぁ」

「あぁ、かもな」

まぁ良いか、と手にしていたアイテムをインベントリの中へしまう。

さて、キリが良いので、ここで一度ステータスを確認しておくか。

REAL&MAKE
リアル アンド メイク

【プレイヤー名】
ツグミ
【メイン職業／サブ】
錬金士Lv36／テイマーLv36
【HP】691
【MP】1396
【STR】125
【VIT】123
【DEX】208
【AGI】118
【INT】230
【WIS】210
【LUK】173
【スキル10／10】
錬金27／調合32／合成29／料理69／
テイム72／服飾34／戦わず31／
MPアップ39／VITアップ8／AGIアップ5
【控えスキル】
シンクロ（テ）／視覚共有（テ）／魔力譲渡／
神の加護（1）／ステ上昇／固有技・賢者の指先
【装備】
革の鞭／フード付ゴシック調コート／
冒険者の服（上下）／テイマーブーツ／
女王の飾り毛マフラー
【テイム2／2】
リグLv57／メイLv49
【クエスト達成数】
F24／E10／D1

REAL&MAKE
リアル アンド メイク

REAL&MAKE
リアル アンド メイク

【プレイヤー名】
ヒバリ
【メイン職業/サブ】
見習い天使Lv 39/ファイターLv 38
【HP】1707
【MP】949
【STR】230
【VIT】313
【DEX】185
【AGI】189
【INT】201
【WIS】170
【LUK】201
【スキル10/10】
剣術73/盾術75/光魔法59/
HPアップ61/VITアップ73/挑発66/
STRアップ38/水魔法1/MPアップ12/
INTアップ9
【控えスキル】
カウンター/シンクロ/ステータス変換/
重量増加/神の加護(1)/ステ上昇/
固有技リトル・サンクチュアリ
【装備】
鉄の剣/バックラー/レースとフリルの着物ドレス/
アイアンシューズ/見習い天使の羽/
レースとフリルのリボン

REAL&MAKE
リアル アンド メイク

REAL&MAKE
リアル アンド メイク

【プレイヤー名】
ヒタキ
【メイン職業／サブ】
見習い悪魔Lv35／シーフLv35
【HP】922
【MP】906
【STR】170
【VIT】147
【DEX】289
【AGI】251
【INT】179
【WIS】172
【LUK】181
【スキル10／10】
短剣術59／気配探知12／闇魔法51／
DEXアップ63／回避73／火魔法8／
MPアップ7／AGIアップ10／罠探知16／
罠解除1
【控えスキル】
身軽／鎧通し／シンクロ／神の加護（1）／
木登り上達／ステ上昇／
固有技リトル・バンケット／忍び歩き26／投擲39
【装備】
鉄の短剣／スローイングナイフx3／
レースとフリルの着物ドレス／レザーシューズ／
見習い悪魔の羽／始まりの指輪／
レースとフリルのリボン

REAL&MAKE
リアル アンド メイク

REAL&MAKE
リアル アンド メイク

【プレイヤー名】
ミィ
【メイン職業/サブ】
グラップラーLv29/仔狼Lv29
【HP】1147
【MP】492
【STR】260
【VIT】148
【DEX】139
【AGI】190
【INT】106
【WIS】116
【LUK】152
【スキル10/10】
拳術55/受け流し38/ステップ51/
チャージ45/ラッシュ44/STRアップ38/
蹴術32/HPアップ13/AGIアップ11/
WISアップ9
【控えスキル】
ステータス変換/咆哮/身軽/神の加護(1)/
ステ上昇
【装備】
鉄の籠手/レースとフリルの着物ドレス/
アイアンシューズ/仔狼の耳・尻尾/
身かわしレースリボン

REAL&MAKE
リアル アンド メイク

「さて、次の場所に行くのか帰るのかは、ヒバリ達に任せるぞ」

腕に引っ付けていたリグを定位置に戻し、俺は妹達を見渡した。

ちなみに俺のオススメは、そろそろ疲れているだろうから休憩をする、だ。

妹達は少し相談して、いったん休憩を入れることに。続行だったらどうしようと思ってたから、安心した。

皆で集まり、俺は「帰還」と口にする。

その瞬間、淡く発光する魔法陣が現れ、瞬(まばた)きする間に俺達はダンジョンの外へ運ばれる。

辺りは暗く、点在するかがり火が周囲を朧(おぼろ)げに照らしている。あ、夜でも門番はいるんだな。お疲れ様です。

こんな時間だし、ＨＰとＭＰも削れているし、宿屋で休息を取ることにした。

ダンジョンは昼夜問わず魔物の強さが一定だから、気にする必要もない。

◆　◆　◆

十字の大通りに分断されて区切られた迷宮区画は、時折他の冒険者とすれ違うくらいで静かなものだった。

だけど商業区に戻ればそうでもなく、煌々とした明かりが周囲を照らしており、まるで眠らない都市だった。

ダンジョン内の魔物討伐をギルドに報告し、帰って来た俺達は宿を探していた。

昼間カフェだった場所は、大人の社交場という名の酒場に変化しており、たとえ成人になっても妹達に近づけたくない人達がたむろっていた。

「あ、向こうに『精霊の宿り屋』って宿屋があるみたい。女性プレイヤーが大歓喜って！」

「ふぅん？　じゃ、そこに行こうか」

宿屋宿屋、と辺りを探していたら、ヒバリが提案する。

事前に調べていたか、もしくはゲーム内で使える掲示板から情報を得たのか。

賑やかな大通りから一本中に入った道に、可愛らしい外観の宿屋がある。

「お、おぉ……」

頑張って例えるなら、童話に出てくるファンシーな宿屋。

　この宿屋の周りにいる冒険者は女性ばかりで、俺は思わずたじろいだ。

　お兄ちゃんには少しキツいんじゃないかなぁ。だが、妹達を見ると目を輝かせていたので諦める。

　フリルとレースがふんだんにあしらわれた、メイド服のような服に身を包む受付嬢から鍵をもらい、俺達は部屋に向かう。

　フリルとレース具合なら妹達も負けてない、かな。

　素泊まりで１人一泊８００Ｍミュだった。リグやメイは無料だから、良心的か？

「パステルカラーを基調とした部屋で、可愛らしい小物が多く、カーテンの裾にレース。ベッドは大きさこそいつもの宿屋と同じだけど、木枠に花の絵柄が掘ってあったり、レースとフリルは標準装備……」

　部屋の内装は今漏らした言葉の通り。女性なら手放しで喜ぶんだろうけど、どう考えても俺には無理がある。

「ツグ兄、違和感ない。大丈夫」

「それはないよ、ヒタキ」

ちょっと現実から遠のいた目をしていると、いつの間にかヒタキが隣にいて、慰めるようにポンと肩に手が置かれた。あまり嬉しくはないかな。

リグを枕元に置き、メイをベッドの上に座らす。

俺もベッドに腰掛け、思い思いの姿格好になった妹達を見る。ヒバリは武装を解除してベッドへダイブしており、ヒタキとミィは俺と同様にベッドへ腰掛けていた。

「そう言えば、今日で7日目なんだよねぇ。さっきまで忘れてたけど～」

「ええ、そうですわねぇ」

ヒバリがベッドの枕に顔を埋めながらモゴモゴと話せば、ミィが頬に手を当てて、溜め息混じりに呟く。

結構な時間を馬車での移動に費やしてしまったし、遊び足りないのかもしれないな。

だが俺との約束を破る気はないらしく、最終日をどうしようか悩んでいる。

俺は基本付き添いだから、時間の約束さえ守ってくれれば、あとをついて行くだけだ。ついて行くだけでも楽しいし。

そんな中、ずっと今まで黙々とウィンドウを開いてなにかしていたヒタキが口を開く。

「ん、またダンジョンに行くと、だんだん魔物が強くなるから、時間までに帰れない。だから迷宮の街を見て回る。いっぱい露店とか、冒険者の店がある。見回りの警備兵もたくさんいるし、治安も他の街より良い。小さな揉めごとでもすっ飛んで来る」

「賛成！　賛成！　美味しい食べ物屋さんいっぱいあるかなぁ～？」

ヒタキの提案にガバッとヒバリが枕から顔を上げ、緩み切った表情でにへにへ笑う。

確かに、治安が良いのはありがたい。始まりの街で絡まれたことがあったけど、ああいうのは困る。

ええと……あの時助けてくれたのは、確からとり？　だっけか？　大したお礼ができてないし、彼らにはちゃんとしたお礼をしたいものだ。

「大通りのお店をざっと見ただけで、ずっとダンジョンへ入り浸っておりましたものね。商業区の中にはどのようなお店があるのか、楽しみです」

最終日の予定は、迷宮の街を見て回ることに決定した。

そこでふと、水で満ちた階層にあった部屋以降に飲食をしておらず、結構ゲージが減っていることに気付いた。

「ああ、その前になにか食べた方が良いんじゃないか？」

(`・ェ・)(`・ω・)

「シュ！」

「めっ！」

すると今まで微睡（まどろ）んでいたリグとメイがパチリと目を開き、素早い動きで俺の所に集合する。

ダンジョンで食べた残り物の惣菜クレープと、淹れたて熱々ハーブティー。

手持ちの料理はあと少しなので、次のログイン時に作らなくては……。

料理を食べ終えると、今思い出したかのようにヒバリが声を上げ、パンッと手を打ち鳴らす。

「忘れてた忘れてた！　ツグ兄ぃ、スケルトンの魔法石インベントリから出して〜」

「お、おぅ」

手の音にリグが首を傾げるもヒバリは気にせず、まるで黒くて憎（にく）い虫のような素早さで、俺の座っているベッドまで来た。

にこにこと満面の笑みのヒバリに若干引きながら、俺はウィンドウからインベントリを開き、スケルトンの魔法石を取り出し手に転がす。

「あぁ、スケルトンの魔法石と装備品を、ツグ兄様に合成していただきますのね。わたし、忘れていましたわ」

茶褐色の魔法石を見て、ミィが思い出したと言わんばかりに数度頷く。

ヒタキ大先生によると、俺の持つスキル【合成】とこのスケルトンの魔法石を使えば、ランダムで装備品が強化されるとのこと。

どの装備品を強化するんだ、と聞けば、俺が作ったレースとフリルの着物ドレス。

誰の、と聞けばヒバリ。これは俺でも分かる。

最前線で敵を引きつけて戦ってくれるからな、ヒバリの強化は皆の強化と一緒。

ちなみに忘れていたので、もう一度着物ドレスの説明文を表示させる。


【レースとフリルをあしらったお手製着物ドレス】

丁寧に製作された愛らしさ溢れる着物ドレス。着用者の一番高いステータスに＋３追加さ

れる。

レア度6。合成+0。

【製作者】ツグミ（プレイヤー）

多分作り直した方が良い物が出来るだろうし、店で売ってる防具の方が強いに決まっている。

でも彼女達はこれが良いんだそうだ。

またヒバリ大先生に聞き、俺はスキル【合成】を使うために、なぜかヒバリを隣に座らせた。

そしてスケルトンの魔法石をヒバリの服に近付け、スキルを発動する。


【レースとフリルをあしらったお手製着物ドレス】

丁寧に製作された愛らしさ溢れる着物ドレス。着用者の一番高いステータスに+3追加される。

レア度6。合成+1。MP+2、AGI+1、LUK+1。

【製作者】ツグミ（プレイヤー）

狙った強化は出来ないって、身を持って知ったよ。

　でも最初の【合成】にしては運が良かったらしく、妹達はとても喜んでくれた。ずうぇーったい合成が出来なくなるまで着物ドレスを強化するんだ！　と、鼻息を荒くするヒバリに苦笑。

　さて、街歩きのためにも、やることがなくなれば即就寝。ベッドの中に潜り、目を閉じて数秒。

　目を開ければ真っ暗だった月が浮かぶ空は明るい太陽が現れており、一応ウィンドウで確かめると6時間過ぎていることが分かる。気にしたらダメなんだろうけど、やっぱり不思議だ。

　素泊まりなので、部屋の鍵を受け付けにいる女性へ返却すれば、もうここにいる必要はない。

　メルヘンチックな宿屋から無事に出られ、俺は人知れずホッと息をついた。

◆　◆　◆

　普段なら寝ているような深夜から、ＨＰとＭＰが回復する6時間しっかり寝たので、もう街は人で溢れ返っている。

深夜酒飲み達がたむろしていたのが嘘みたいにオシャレなカフェや露店が立ち並び、それ目当てにたくさんの人が行き交う。俺はメイとはぐれないよう手を繋いだ。

「食べ物……は寝る前に食べたからいいとして、まずは露店！　もしかしたら良い物があるかも」

のんびりと辺りを見渡していたら、ヒバリが今にも走り出しそうな雰囲気で俺の方を振り返った。

財布の紐を握っているのは俺なので、小学生のお小遣い程度しか持っていないヒバリは買い物に走り出せない。ヒタキもミィも、期待の眼差しを俺に向けていた。

ちなみにリグは、ヒバリの「食べ物」という言葉に反応してフードをゴソゴソしていたが、「まずは露店！」で完全に興味を失ったらしく、静かになった。

居住区、商業区、畜産農業区、ダンジョン（迷宮？）区という、４つの区画が交わる大通りの中心は、見渡す限りたくさんの人、人、人。

本当にはぐれないよう、気をつけなくては。

「あの人はＮＰＣ、あの人はプレイヤー、あの人は雑貨を売ってる。どこに行くといいのか……」

「そうですわね。時計回りに冷やかしていけば良いと思いますわ」

「ん」


ヒタキがキョロキョロと周りを見渡しながら悩んでおり、ミィが提案した。

異論がない俺達は、ゆっくりと露店を眺めつつ歩き出す。

たくさんの人がいるとは言っても、気をつけて歩けばぶつかるほどではない。

普段ならスリなどに気をつけなくてはいけないが、お金は自身にしか取り出せないウィンドウ画面やインベントリに入っているので安心だ。

しばらく歩いても、妹達のお眼鏡に適う物はなく、そろそろ彼女達の、いやヒバリの興味が食べ物に移っていく。

その時、屋台というには粗末な机と椅子に座る少女と俺の目が合った。

机には読めない文字で書かれた紙がたくさん並べられており、少女はすかさず大声を張り上げる。

「へ、へいそこの道ゆく綺麗なお兄さん！　魔法陣製作者特製の魔法陣はいらんかね！

ＭＰさえあれば、魔法職じゃなくても魔法が使えるよ！」


なんとも古くさい言葉である。売れてなさそうなのは、多分その口調が原因だと思う。

けれど、俺は魔法陣が書かれている紙に興味が湧き、商品を覗き込む。

メイが先行く妹達と俺を何度も見てオロオロしていたが、残念ながらそのことに気付けなかった。


「魔法が使えるって言うけど、詳しく説明してもらえる？」

「よっしゃあ、任せて！」


魔法陣売りの少女は獲物を逃がすものかと、肉食獣のような表情を浮かべて机越しににじり寄ってくる。そんな少女を宥めすかし、俺でも分かるように説明してもらった。

簡単に言えば、魔法陣は先ほど彼女が言ったように、魔法職じゃない者でも魔力さえあれば魔法が使えるようになるアイテムだ。

ヒバリやヒタキがいつも使っているのは、スキルの属性魔法。

これは種族や職によって使えたり、使えなかったりする。

ヒバリの天使は光と水の属性魔法が使え、ヒタキは闇と火の属性魔法が使える。

二次職、三次職になれば増えるだろうけど、今はこの2属性だけだ。

ちなみに俺は、二次職になれば無属性の魔法だけ使える。

つまりなにが言いたいのかと言えば、煩わしい種族や職の垣根を越えて魔法を使わせてくれるのが魔法陣で、その便利な魔法陣を製作するのが、魔法陣製作者という職業だ。

何度も説明してもらったので、俺でも理解できた。

ああもちろん、そんな便利な物が簡単にポンポン使えるわけないらしい。

製作にはまず紙、筆記用具が必要。

安い紙を使えば魔法の威力が落ちたり、魔力の消費が何倍にもなったりする。かと言って、高い紙を使えばお金がもぎ取られて赤貧街道真っしぐら。

いつもならある程度は売れるんだけどね、と暗い目をしながら空笑いする少女。

製作のスキルを上げるため作りに作り、溜まった魔法陣をこうやって売り出すのだが、他に良い物を販売する人がいれば売り上げは落ちる。冒険者がたくさん行き交うここなら尚更のこと。

「だから私は、止まってくれたお客様は絶対逃がさないようにしてるの！　お願い！　せめて一枚、一枚で良いから買ってください！　私もう、林檎も買えないのぉぉおっ」

それはそれは切実な思いと共に、彼女は心からの叫び声を上げた。

無駄遣いは駄目だけど、これなら俺でも魔法が使えるようになる。

ＭＰはたくさんあるし、通常より消費が激しくても微々たる物。それになんと言っても、メソメソ泣き出した少女が可哀想になってきた。

「ええと、じゃあ、土、風の攻撃魔法を見せてもらってもいい？」

特殊な属性魔法や固有魔法を除けば、今確認されている属性でポピュラーなのは火、水、土、風、光、闇の６つ。

その中で妹達か４つの属性を使えるから、俺が選ぶのはその中で選ばれていない土と風。リグとメイがいるけど、どちらも物理攻撃専門だし攻撃手段は多い方がいい。俺が魔法を覚えるのは、二次職にならないと無理だし。

俺の言葉を聞いた少女は表情を輝かせ、魔法陣が書かれた紙の束を漁り出す。

その中から、緑色の文字で書かれた紙と、茶色の文字で書かれた紙を何枚も取り出し、見比べながら説明してくれた。

「緑色の文字が風の魔法陣で、茶色の文字が土の魔法陣よ。攻撃魔法は風が【スラッシュ】

と土が【グレイヴ】。どっちもスキルを取ったら最初に覚えてるやつ。紙は一番安いやつだから酷くて、威力が5割落ちの魔力消費8倍。羊皮紙は紙より高いから、まともで威力が3割落ちの魔力消費2倍。製作スキルがもっと上がれば、いいのが作れるんだからね！」

「はいはい。それで、値段は？」

「うぐっ……紙は200Mミュ、羊皮紙は800M。ああそうだ、魔法陣は1回ポッキリの使い捨てだから。何度も使えるなんて、空の魔石だけだからね！」

【スラッシュ】は風の刃を一直線に飛ばす魔法で、【グレイヴ】は敵の真下から土の槍を生やすらしい。1回きりだとしても、魔法が使えない人からしたら、喉から手が出るほどの物じゃないか？

それにしてもまた空の魔石か……ううむ、今度妹達に話してみよう。

試しに【スラッシュ】と【グレイヴ】の魔法陣を、紙と羊皮紙で、それぞれ2枚ずつ買うことにした。

資金が貯まるまで、しばらく魔法陣売りの少女をやっているそうなので、使い心地が良かったらまた買う約束もする。

所有権が俺に移ると、文字も読めるようになった。どういう原理かは分からないが。

「……あ、ヤバい」

「めぇめ」

満面の笑みを浮かべる少女に見送られた俺は、そこで大変なことに気付いてしまった。

そう、妹達とハグれたのだ。

気を付けろよ、と口を酸っぱくして言い続けていた俺がハグれるとは……。

周囲には見知らぬ人しかおらず、メイの小さな鳴き声がやけに大きく聞こえた。

迷子の基本は動かない。そして人が多く、目立つ場所にいること。

まあ誘拐されにくくなるってだけだが。俺は踵を返し少女の元に帰ると、事情を説明して店で待たせてもらうことにした。

彼女は大笑いしながらＰＴチャットの存在を教えてくれたので、俺は慣れない手つきながらすぐ妹達へと連絡を取る。

結果、無事に迎えが来た。

◆　◆　◆

「もぉ〜、心配したんだからね！　チャットは無視するし、こんなに人いるとマーカーも重なってほとんど機能しないし、もぉ〜もぉ〜！」


魔法陣売りの少女と別れ、迎えに来てくれた妹達と比較的人の少ない噴水公園に向かう。

そして空いているベンチに腰掛けた所、ヒバリがプンプン怒るモーモーヒバリに変身した。

茶化しているわけではないが、表現がこれくらいしか思いつかない。

ヒバリを止めないと言うことは、ヒタキもミィも怒っていると言うことだ。

心配かけてしまった3人とメイに対し、俺は誠心誠意頭を下げる。

最終的には、美味しいお菓子で手打ちにしてもらった。

「てか、ツグ兄ぃはあのお店でなにを買ってたの？」

美味しいお菓子で妹達の機嫌も治ったらしく、そんな彼女達を見て俺はホッと胸を撫で下ろす。

ヒバリが不思議そうに首を傾げる。

そう言えば見つけてもらった時、色々と慌ただしくして言えてなかった。

「ああ、魔法陣だよ」


俺はインベントリから【スラッシュ】と【グレイヴ】の魔法陣を取り出し、ヒバリに渡した。

すると3人が一緒になって覗き込み、何度もうんうん、と頷いている。

掲示板でも有用性が称賛され、最近人気の品物らしい。

やはり、1回しか使用できなくても魔法が使えるのは魅力的なようだ。


「これならツグ兄様も攻撃に参加出来ますし、魔法適性のないわたしでも使えますもの。とても良い買い物をしたと思いますわ」

「1回ポッキリでも、魔法が使えるのと使えないのは全然違う。もっと買いたい」


俺は魔法陣をインベントリにしまいながら、ヒタキとミィの会話を聞く。

そんな彼女達にあの少女は金策のためにしばらくいるから、次は一緒に行って買おうと俺は返す。

あ、いや、確か15歳以下は保護者同伴じゃないとプレイできないし、意外と少女ではないのかもしれない。本人を目の前にして、年齢を聞くことはできないが。

「これで私達も金策に走らざるを得なくなるかもね！　魔法陣破産は避けなくちゃ」

いきなりヒバリが立ち上がり、グッと握り拳を作って俺の方へ向く。

使うのが俺だからか、財布の紐を握っているのが俺だからか、でもまるで自分に言い聞かすような口調で俺はメイを撫でながら小さく笑う。

メイの柔らかモフモフ頭に顎を乗せながら、俺は魔法陣破産に思いを馳せた。

「んー、魔法陣破産か。出費が厳しくなれば俺が空の魔石作っても良いかもな。その代わり、ヒバリとヒタキの使える属性魔法だけになるけど。四属性も使えるから……ん？」

確かに、便利だからといって使い過ぎれば、待っているのは悲しき赤貧街道だ。

それだったらと、俺は忘れに忘れていた、空の魔石の件をカミングアウトした。

空の魔石は、確か魔法使いに魔法を入れてもらえば魔法を使え、スキルを入れてもらえばスキルを習得できる、なんかすごい万能の石だ。

話している途中、ヒバリが小刻みに震えていることが分かった。

「か、か、かかかか、か、かか」

「か？　どうしたって言うんだ。なぁ、ヒタキにミィ……？」

　ヒタキとミィを見れば、ヒバリより控えめだが、同じようにプルプル震えていた。

「か、かか、空のませぬぉっ！　からっ、ムグゥフゲッ！」

　これは言わない方が良かったのかもしれない、と思っているとヒバリの連呼が終わったようで息を吐き、思い切り息を吸い込む。

　ある程度まで叫ぶと、ヒタキとミィに阻止される。詳しく言うと、ミィが膝かっくんをしてヒバリの体勢を崩し、身体の方向を変えてベンチに座らせ、ヒタキがヒバリの口を塞いだのだ。

「私もいっぱい言いたいことがある。だけどここは駄目。話すなら、現実に戻ってから。良い？」

「ム、フグフグッ！」

「ツグ兄様も、でしてよ」

「あ、あぁ、分かった」

絶対に有無を言わさない、と言った雰囲気をまとわせるヒタキとミィに、俺とヒバリは頷くより他なかった。そう言えば、空の魔石は希少性が高かったような……？

もう露店巡りどころの騒ぎではなくなってしまったので、俺達は噴水広場のベンチに座りながら当たり障りのないことを話し出す。

例えば次回のダンジョン探索における危ない魔物、放置して良い魔物だったり、今回はもうやる気がなくなってしまったが料理なら何を食べたいか。

あとは迷子で迷惑かけたからお菓子はなにが良い？　とかだな。

クッキーの詰め合わせが良いとのこと。材料はスライムスターチのみがありあまっているだけなので、ログインしたら色々と仕入れなくては……。

「さて、まだ早いけどそろそろログアウトしようか？」

噴水広場に来てからまだ1時間程度しか経っていないが、もう話しは出尽くした感が否めなくなっていた。

そんな空気を感じ取ったのか、ヒバリが立ち上がりクルリと俺の方を向くと笑みを浮かべる。

うん。いつもは乙女にあるまじき行為ばかりしているが、こういう動作をすれば普通に可愛らしい。たとえ身内贔屓だったとしても、だ。

そんなヒバリの声に船を漕いでいたメイが目を開き、フードの中に入って寝ていたリグがゴソゴソと起き出す。

「ちょっと早いけど、今日はこれで帰るな。じゃあ、また明日」

(`>w<)

「シュシュ～」

(*´ｪ`)b

「めめっ」

肩にいたリグを身体の前で抱え、手触りの良い背中を撫でた。

地面に膝をつき、メイと目線を合わせ、ゆっくり頭を撫でる。

別れの挨拶はもう手慣れたもので、微塵も悲しそうな表情を浮かべることはなく俺は2匹のステータスを開くと休息設定にした。

そしてステータスを閉じ、一番下にあるログアウトボタンをポチリと押す。

◆◆◆

ふと、意識が戻る感覚があって目を開く。

目の前には仲良く寄り添いながらソファーを使う3人が見え、何度か瞬きを繰り返している間に彼女達もゲームから帰って来たようだ。

壁掛け時計に向けると時刻は23時を過ぎた所。いつもなら夜更(よふ)かしを怒る時間だけど、土曜日なので構わない。

雲雀が大きな口を開けて欠伸をすると、伝染したかのように2人も欠伸。と言うか、見てたら俺もしてしまった。

早く風呂に入らせて寝るか。そう思った俺は立ち上がろうとするも、鶲によって止められた。

「つぐ兄、お話。雲雀ちゃんもつぐ兄の所に座って」

「え？　あ、う、うんっ！」

話す前に、隣に座っていた雲雀を俺の所に座らせる鶲。俺としては、できれば忘れていて欲しかったが、忘れてくれるような妹達ではない。

少し緊張しているのか雲雀の背筋が張っていたので、優しくとんとん、と何度か叩いてやる。

これは怒るのではなく、言い聞かせるためだ。

それを見ていた美紗ちゃんが、ふんわり微笑んで言う。

「先ほどの続きですわ。たかがゲーム、されどゲーム。わたし達の説明不足でつぐ兄様が困るのは、わたし達の本望ではございませんの」

「分かった」


教えてもらったことは長くなるから割愛し、要点だけ言おう。

まず、攻略サイトに載らない秘められた情報というものは、なんらかの理由があって、意図的に隠されている場合が多い。

大人数を引き連れても攻略できなかったクエストの情報とか、誰かに教えることで不利益が生じたり、利益を独占できなくなる情報……といった感じだ。

俺が作れる空の魔石の場合は、後者に当たる。

人に知られるとまずいので、俺はお口にチャックをすることに。

あと、こういった場合に備えて、妹達への報告・連絡・相談――ほうれんそうを頼まれた。

ちなみに、雲雀に求められたのは、驚いても大声で騒がないことだ。

雲雀は表情がコロコロ変わるし、隠し事ができないので、かなり難しいと思う。

だけど、本人が意識するだけでも多少は違うはずだ。

俺は、真剣に何度も頷く雲雀の頭をゆっくり撫でた。頑張れ。

話し合いも終わり、俺はキッチンにある風呂のサブリモコンを覗く。

そこには、ゲームを始める前となんら代わりのない画面が映し出されており、俺は風呂に入る時刻がまだもう少し遅くなることを悟った。

【ブラック☆】LATOLI【ロリコン】part4

（主）=ギルマス
（副）=サブマス
（同）=同盟ギルド

1:プルプルンゼンゼンマン（主）
↓見守る会から転載↓
【ここは元気っ子な見習い天使ちゃんと大人しい見習い悪魔ちゃん、生産職で女顔のお兄さんを暖かく見守るスレ。となります】
前スレ埋まったから立ててみた。前スレは検索で。
やって良い事『思いの丈を叫ぶ・雑談・全力で愛でる・陰から見守る』
やって悪い事『本人特定・過度に接触・騒ぐ・ハラスメント行為・タカり』
紳士諸君、合言葉はハラスメント一発アウト、だ！
・
・
・
189:かなみん（副）
野郎ども！　ロリっ娘ちゃん達がログインした！　繰り返す。ロリっ娘ちゃん達がログインしたぞぉぉぉぉっ！

書き込む　全 部　<前100　次100>　最新50

190:かるぴ酢

>>186マジで！　じゃあ空の魔石で銃作れるようになったら紹介して！　いくらでも出す！　（ただし金はないw）

191:餃子

>>182自分はヨーグルト苦手〜。

192:氷結娘

追加報告！　ロリっ娘ちゃん達は乗り合い馬車で迷宮の街ダジィンに向かう模様！　報告は以上なり。

193:甘党

>>189報告お疲れ様です！

194:わだつみ

>>189乙です！

195:焼きそば

>>182自分はトマトの薄皮っす。

196:棒々鶏（副）

>>189192乙。

書き込む　全部　<前100　次100>　最新50

乗り合い馬車って言ったら、確か6時までに集合のやつか。定員数は30人。ちなみに戦闘出来るなら無料。利益度外視（どがいし）っぽいから俺達が押しかけても良いんだけど、不自然過ぎるしロリっ娘ちゃん達に気持ち悪がられたりしたら死ねる。ロリっ娘は世界遺産に登録するべき！

197:ましゅ麿

>>189192報告お疲れ様です。
馬車かぁ。乗り物酔いが……。こんな所にリアリティは要らない。要らん。

198:プルプルンゼンゼンマン（主）

ロリっ娘＋お兄さんのためにも、一人は草葉（くさば）から見守る護衛が必要だよな！　よし、皆！　今から見守る会じゃんけん大会をするぞ！　優勝したやつはロリっ娘＋お兄さんと一緒の馬車に乗って護衛出来る。負けたら違う馬車に乗って追いかける。良いか野郎どもぉぉぉぉぉっ！

199:ちゅーりっぷ

>>196確かに。物陰（ものかげ）から見守ってロリっ娘ちゃん達に害をなす馬鹿がいたら教育的指導、これに尽きる。女神様AIも見守ってるみたいだけど、ロリコンとしては自分の手で守りたいんや！　hshs！

書き込む　全部　<前100　次100>　最新50

200:NINJA（副）

うぉぉぉ！　じゃんけんなら負けないでござる！　負けなしでござるからぁぁぁ！

201:かなみん（副）

>>196もう相当不審者だけどね、私達。でもめげない！　だって国宝級の美少女と美青年を守る為だもん！
うぉぉぉおおぉおぉぉおおぉおぉっ！

202:密林三昧

うぉぉぉおおおおぉぉぉおお！

203:黒うさ

うぉおぉおぉぉおぉぉぉっ！

204:夢野かなで

ロリコンは不滅なりぃぃぃぃいいぃぃ！

205:空から餡子

戦じゃ！　皆のもの、戦じゃ！　であえであえええぇぇぇええいっ！

書き込む　全部　<前100　次100>　最新50

206:もけけぴろぴろ
人生で一度もじゃんけんで勝った事ないけど死ぬ気で頑張るぞぉぉぉっ！

207:魔法少女♂
>>201だもんとかwwww

208:こずみっくZ
出たとこ勝負ってやつだな。じゃんけんならステータスとか気にしなくていいし平等だからイイね。頑張るぞ！

209:プルプルンゼンゼンマン（主）
集合場所は噴水広場の端っこ。真っ赤な槍担いだこれまた真っ赤なフルプレートの俺が目印〜。時間は今から10分。早くしないと席なくなるし。

210:かなみん（副）
>>207お前あとで校舎裏なwwwお前は眠れる年齢に敏感（びんかん）な年頃の乙女を怒らせすぎた。腹ぁくくれよ！

・
・
・

書き込む　全部　<前100　次100>　最新50

226:魔法少女♂

穢（けが）された。もうお嫁に行けない！

227:白桃

なんで

228:iyokan

どうして……

229:さろんぱ巣（す）

どうなってやがんだ。

230:わだつみ

が、がっでむ！

231:棒々鶏（副）

まじかー。凹（へこ）むわー。

232:NINJA（副）

現在乗り合い馬車の受け付けを済ませ、馬車の天井に乗ってるでござる。拙者（せっしゃ）は勝利の美酒に酔うでござるよ！　とは言っても、酒はあまり嗜（たしな）まないでござるが。

書き込む　全部　<前100　次100>　最新50

233:黄泉の申し子

NINJAが致命的な失敗をやらかしてロリっ娘ちゃん達にドン引きされますように。NINJAが致命的な失敗をやらかしてロリっ娘ちゃん達にドン引きされますように。NINJAが致命的な失敗をやらかしてロリっ娘ちゃん達にドン引きされますように！

234:コンパス

>>226なにされたしwww

235:プルプルンゼンゼンマン（主）

嘆くな皆のもの。じゃんけんに負けた者が出来ることは出来るだけ早く出発する馬車に乗り込み、出来るだけ早く迷宮の街ダジィンに着くことだけなのだ！

236:フラジール（同）

じゃんけんに参加出来なかったけど悔いはない！
NINJAさん、ロリっ娘ちゃん達の詳細キボンヌ！　それだけがあなたの価値です！

237:かなみん（副）

>>234ちょっと繊細なお年頃の女性の扱いについて話しただけだよん☆そう。ただのOHANASHIだけ☆

書き込む　全部　<前100　次100>　最新50

238:餃子

>>234聞いたら戻れなくなるぞ！

239:つだち

次の馬車、１時間後じゃん！　電車なら２、３分置きに来るのに……。待ち時間なにしよっかなぁ。

240:ヨモギ餅（同）

>>236あなた上位のギルドマスター！　自分のギルド大事にしてあげて！　あとNINJAさんェ……。

241:NINJA（副）

ロリっ娘ちゃん達の様子は任せるでござるよ！　NINJAさんの呟き日記、始まり始まりでござぁ～る。

・

・

・

392:NINJA（副）

到着、でござる！　ロリっ娘ちゃん達と別れて現在ダジィンにいるLATOLIメンバーと合流したでござるよ！

書き込む　全部　<前100　次100>　最新50

393:中井
ただいまー。お風呂入って気分爽快。さて今日のロリっ娘ちゃんは～？

394:ナズナ
報告しま。ロリっ娘ちゃん達は今、ペシェミニョンってカフェでお茶してるよ！　ここの店員マジ忍者。さり気なく見ても目が合う。そして微笑まれる（ポッ）

395:ヨモギ餅（同）
>>392NINJAさんお疲れ。

396:神鳴り（同）
>>392あなたの犠牲は無駄にしない。お疲れ様でした！

397:氷結娘
>>390じゃあ、お前の父ちゃん禍津神な！　母ちゃんも禍津神だし！

398:コンパス
大体のメンバーが向こうにいるから見守るの大変そうだな。まぁ、その大変さもロリっ娘ちゃん達のためならば甘んじて受け止めてみ

書き込む　全部　<前100　次100>　最新50

せるけど！　しばらくの間はナズナさん、あなただけが頼りだ！

399:かなみん（副）

>>394惚れるな危険wwww

400:プルプルンゼンゼンマン（主）

わ～い、400げっと！

401:sora豆

>>397なんで皆俺の親を禍津神にしたがるの？　普通じゃん！　普通、じゃん？

402:甘党

ペシェミニョンの制服、良いよな。是非ともロリっ娘ちゃん達に着て欲しい。ぶっちゃけお兄さんでも可！

403:NINJA（副）

皆、なんやかんやしてるうちにロリっ娘ちゃん達はログアウトしたでござる。今日の営業は終了でござるよ。

404:ナズナ

>>399ほ、惚れないよ！　w

書き込む　全部　<前100　次100>　最新50

405:iyokan

無邪気だな、ギルマスwwww

406:中井

誰にもお帰りと言ってもらえない俺。

お帰りなさい、自分。

407:かなみん（副）

え

408:つだち

まじで？

409:黒うさ

まじかー。

410:夢野かなで

>>406悲しすぎるw丘襟ww

411:密林三昧

はーい、かいさーん。

・

書き込む　全部　<前100　次100>　最新50

・

・

452:プルプルンゼンゼンマン（主）
ふむ、ロリっ娘ちゃん達はダンジョンの攻略に乗り込んだか。ダンジョンならレベル上げに効率良いからなぁ。かく言う俺もダンジョンで強くなりますた。

453:棒々鶏（副）
ダンジョンか。交渉人、鑑定士だからダンジョンとは無縁だ。多分。

454:かるぴ酢
ロリっ娘ちゃん達、どこまでダンジョンクリアするつもりだろう。初級はクリアするだろうし、中級までかな？　上級になったら一気に難易度が跳ね上がって大変だし。

455:ヨモギ餅（同）
>>452そりゃあな。
単独魔王級ダンジョン無事故無死はあんただけだ。

456:かなみん（副）
心のオアシス達がダンジョン攻略してる間、うちらはなにしようか？　人脈広げたり金策したりしたいね。

書き込む　全部　<前100　次100>　最新50

457:白桃

>>453自分もー。一応サブ戦闘系職だけど、あんまり役に立たないんだよね～。

458:フラジール（同）

うぅ、可愛い子ちゃん成分が足りない。
この間、他ギルドに入り浸るなって副マスに怒られちゃったしなぁ。
うぅ。

459:もけけぴろぴろ

>>456ギルド対抗イベントとかあるかもだし、レベル上げもしたいね。ギルド全体のレベル上げは、ロリっ娘ちゃん達とお兄さんを守るためにも必要かと！

460:焼きそば

柄杓使いと農家の俺ェ……。

461:甘党

>>452さすが信頼と安心の真紅の死神！　俺達とは次元がちげぇぜ！

書き込む　全部　<前100　次100>　最新50

462:kanan（同）

提案。俺達のギルドと合同ダンジョン攻略しないかー？　俺達のとこもレベル差あるから困ってたんだ。

463:魔法少女♂

>>458あなたはw上位ギルドのwギルマスw帰ってwあげてよwうぇっwうぇっww帰ったげてwwカワイソスww

464:ましゅ麿

>>460それは辛い。色々と。

465:かなみん（副）

やる！

466:プルプルンゼンゼンマン（主）

>>462ちがさわぐな！

467:さろんぱ巣

>>461そこに痺れる憧れる！

468:わだつみ

ダンジョンどこまでクリアしてたか忘れたなぁ。初級クリアしたっ

書き込む　全部　<前100　次100>　最新50

けか……。

・

・

・

511:魔法少女♂

なんか、一皮剥けた気分。

512:NINJA（副）

空が黄色い気がするでござる。

513:氷結娘

レベルは上がったけど、精神的な何かが磨り減った気分。ヤバいwww

514:空から餡子

なにが一番ヤバいかって、やっぱりギルマスが一人で魔王級ダンジョンに突っ込んだってことかな！　そして手伝ってもらったら色々とヤバい。ヤーバーいーw

515:焼きそば

そんなお疲れの皆様に朗報。ロリっ娘ちゃん達が露店を回っております。ダンジョン行かなかった戦闘苦手組がちゃんと見守っており

書き込む　全 部　<前100　次100>　最新50

やしたぜ！　（ドヤッ）

516:kanan（同）

お疲れ様。全体的なレベル上げが出来てこっちのギルメン達も喜んでる。ギルマスがまたやろう！　だってさ。

517:こずみっくZ

皆頑張った。俺も頑張った（感涙）

518:夢野かなで

ドキッ☆男だらけのダンジョン攻略。男女は別なのでポロリはないよ、閉幕☆

519:プルプルンゼンゼンマン（主）

>>516ぜひ！

520:棒々鶏（副）

>>515あ、お兄さんが露店でなんか買ってる！　てか妹ちゃん先行ってる！　お兄さん、
お兄さん気付いて！　おぉぉおおぉおお兄さぁぁぁああぁんっ！

書き込む　全部　<前100　次100>　最新50

521:かなみん（副）

>>515うむ、苦しゅうない。褒めて遣わそう。露店を回るって事は何か買う予定かな？　始まりの街では買い食いしてたし、早く素を全開にして欲しいね！

522:黄泉の申し子

>>515乙。早く見に行かねば！

523:ヨモギ餅（同）

>>515お疲れ様でーす。

524:ちゅーりっぷ

え？　えっ？

525:sora豆

ま、迷子？

526:ましゅ麿

>>520え？　どゆこと？

527:魔法少女♂

さwすwがwおw兄wさwんwww

書き込む　全部　<前100　次100>　最新50

528:神鳴り（同）

さすが我がギルドのヒロインやで……。

529:黒うさ

ドジっ子？

530:コンパス

ドジっ子ヒロインww

531:かるぴ酢

羊ちゃんのオロオロかわゆい。

532:棒々鶏（副）

おうふ。安心と信頼のヒロイン品質。侮（あなど）りがたし、お兄さん。

533:フラジール（同）

>>520お兄さんが見てる店の子、少女たちっていうギルドの子だね。ロリっ娘ちゃん達にはかなわないけど、可愛い子が揃ってるって有名だわ。

534:プルプルンゼンゼンマン（主）

お。

書き込む　全部　<前100　次100>　最新50

535:もけけぴろぴろ

そんなこんなで迷子のお兄さんは無事ロリっ娘ちゃんに見付けてもらったようだ。何事もなくて良かったね！　マジで！

書き込む　全部　<前100　次100>　最新50

あとがき

この度は、拙作を手に取っていただきありがとうございます。

さて、三巻の舞台となるのは、巨大な塔が天高くそびえ立つ迷宮の街。主人公のツグミ達はこの街で、様々な敵や驚きの仕掛けが施されたダンジョンに挑むことになります。

ゆる〜い冒険を求めてゲーム世界を満喫しようとするツグミ達でしたが、初っ端から図書館の地下室の床が抜ける罠に見舞われてしまい……。

そこで彼らは、希代の魔導師が製作した『何でも知ってる君』に遭遇し、あわや戦闘開始というピンチを迎えることに。ところが、機転を利かせた交渉の末、まんまとこの魔法道具を再び眠りにつかせることに成功します。

というか、実際にはツグミ達のいつものノリで、ビッグイベントに発展していきそうな要素を軽くスルーしちゃった的な感じではあるのですが。

まあ、この手の伝説級の魔法道具を収集する大きなクエストは他にも用意しているので、今後のお楽しみにしておいてください。

また、本巻のダンジョンイベントで一番気に入っているのは、五階に登場する小ボスモンスターの人喰いミミックです。カバーイラストにも描かれていますが、その不気味な長い舌と獰猛な牙という強面のビジュアルに似合わず意外な臆病者。ヒタキに指で突っつかれてビクビクしている姿は、作者である私から見てもファンタジーの常識を覆す可愛さだなあ、と思ってしまいました。でも、メイの大鉄槌で即効、倒されちゃうんですけどね。

それと前回のあとがきに引き続き、本巻の脇を固める登場人物のルンデータさんと魔法陣売りの少女についても、少し触れさせていただきます。

まず、ルンデータさんなのですが、彼は人物紹介に書かれている通りのベテラン御者です。NPCでありながら、昔、戦士として活躍していたため、実は結構強かったりします。

次に魔法陣売りの少女。彼女は職業柄、いつも金欠に泣いているので、色々な場所で露店を開いています。もちろん、ちゃんとした名前があるのですが、後々のお楽しみということで三巻では秘密にしました。

振り返ると、まだまだ語りたいことや反省点はありつつも、この辺りで終わらせていただこうと思います。

最後になりますが、この本に関わってくださった皆様へ心からの感謝を申し上げます。

のんびり愉快なツグミ達の旅を、次巻でもお楽しみいただけますと幸いです。

二〇一九年一二月　まぐろ猫@恢猫

アルファライト文庫

この作品に対する皆様のご意見・ご感想をお待ちしております。

おハガキ・お手紙は以下の宛先にお送りください。

【宛先】

〒150-6008 東京都渋谷区恵比寿 4-20-3 恵比寿ｶﾞｰﾃﾞﾝﾌﾟﾚｲｽﾀﾜｰ 8F
（株）アルファポリス　書籍感想係

メールフォームでのご意見・ご感想は右のＱＲコードから、
あるいは以下のワードで検索をかけてください。

ご感想はこちらから

アルファポリス　書籍の感想 

本書は、2015 年 12 月当社より単行本として
刊行されたものを文庫化したものです。

のんびりVRMMO記3

まぐろ猫@恢猫（まぐろねこあっとまーくかいね）

2020年 2月 28日初版発行

文庫編集－中野大樹／篠木歩
編集長－太田鉄平
発行者－梶本雄介
発行所－株式会社アルファポリス
〒150-6008東京都渋谷区恵比寿4-20-3恵比寿ガーデンプレイスタワー8F
TEL 03-6277-1601（営業） 03-6277-1602（編集）
URL https://www.alphapolis.co.jp/
発売元－株式会社星雲社（共同出版社・流通責任出版社）
〒112-0005東京都文京区水道1-3-30
TEL 03-3868-3275
装丁・本文イラスト－まろ
装丁デザイン－ansyyqdesign
印刷－株式会社暁印刷

価格はカバーに表示されてあります。

落丁乱丁の場合はアルファポリスまでご連絡ください。

送料は小社負担でお取り替えします。


ISBN978-4-434-27042-0 C0193